U0519606

心情愉快她的们

（日）石井睦美—著　　王青—译

四川文艺出版社

图书在版编目（CIP）数据

心情愉快的她们/（日）石井睦美著，王青译. —成都：
四川文艺出版社，2020.8
ISBN 978-7-5411-5692-2

Ⅰ.①心… Ⅱ.①石… ②王… Ⅲ.①长篇小说—日本
—现代 Ⅳ.①I313.45

中国版本图书馆 CIP 数据核字（2020）第 080270 号

著作权合同登记号 图进字：21－2020－208

GOKIGENNA KANOJOTACHI
© Mutsumi Ishii 2016
First published in Japan in 2016 by KADOKAWA CORPORATION, Tokyo.
Simplified Chinese translation rights arranged with KADOKAWA CORPORATION, Tokyo
through The Copyright Agency of China.

XINQING YUKUAI DE TAMEN
心情愉快的她们

（日）石井睦美 著 王 青 译

出 品 人 张庆宁
责任编辑 徐 欢
封面设计 赵海月
内文设计 史小燕
责任校对 段 敏
责任印制 崔 娜

出版发行 四川文艺出版社（成都市槐树街 2 号）
网 址 www.scwys.com
电 话 028-86259287（发行部） 028-86259303（编辑部）
传 真 028-86259306

邮购地址 成都市槐树街 2 号四川文艺出版社邮购部 610031
排 版 四川胜翔数码印务设计有限公司
印 刷 成都蜀通印务有限责任公司
成品尺寸 130 mm×185 mm 开 本 32 开
印 张 8.75 字 数 140 千
版 次 2020 年 8 月第一版 印 次 2020 年 8 月第一次印刷
书 号 ISBN 978-7-5411-5692-2
定 价 45.00 元

目录

一　　　那也得自己来啊　　　　　　　　　　　　　*1*

过去做过的事自不必说，
今后即将发生的事，统统都得自己来。

二　　　三十来岁的男人　　　　　　　　　　　　　*32*

一旦成为习惯，
男人总会开始在所有有趣的事上图省事。

三　　　超级偶像　　　　　　　　　　　　　　　　*65*

绝对不辞职。
因为这里，是我自己争取到的归宿。

四　　　爱　恋　　　　　　　　　　　　　　　　　*100*

即使这样还是在恋情当中，
就算是像去掉芥末的寿司一样的恋情。

五　　　为什么　　　　　　　　　　　　　　　　　*129*

一个人养孩子，
不仅仅是当个母亲就可以的。

六　　谎言与秘密　　　　　　　　　　　162
就算本意不是想要欺骗，
也有无法说出事实真相的时候。

七　　孩子的理由　　　　　　　　　　　201
刚上小学没几天，
翔就发现小学比保育园要麻烦多了。

八　　海与卷心菜　　　　　　　　　　　216
没有爸爸的孩子不存在，
这句话也抵达了美香的内心。

九　　崇子的晚餐　　　　　　　　　　　241
人生一瞬间就没了，
所以要快乐地生活。

十　　心情愉快的她们　　　　　　　　　257
回首自己的人生，没有后悔。
因为自己一直在努力地生活。

一　那也得自己来啊

安冈宁有一句口头禅。

傍晚日沉，按下电灯开关，"啪"地传来令人讨厌的声音。又坏了，得换新的了。宁心里这样想着，然后出声自言自语了一句：

"那也得自己来啊。"

家里如果有备用的问题不大。不，就算没有备用的，如果可以就这样忍耐一晚，还能拖到第二天再买。但是，这时候如果没有电灯就什么也做不了，必须得立马跑去买。尽管今天已经出门买过东西了。宁心里这样想着，又自言自语了一句：

"那也得自己来啊。"

是的，不管什么事统统都得自己来做。过去做过的事自不必说，今后即将发生的事，统统都得自己来。从早上扔垃圾到晚上驱蟑螂，自己必须包揽一切，直到独生女杏稍微长大一点，能一定程度上分担一些为止。

所以，"那也得自己来啊"这句口头禅会一直跟随自己到那个时候。不是"我"，而是"自己"，不会在人前说出口的第一人称。

这样也挺好的，宁想。至少目前是这样想的。"那也得自己来啊"，这样说虽然会带点自嘲的语气，不过已经有点表演的意思了。说完"那也得自己来啊"之后立即吐槽自己"那也得你来"，但不会出声。就算出声了，后面这句则不是表演了。宁感觉自己有点奇怪，不自觉笑了出来。之后感觉像是惊醒一般，"再难也挑战看看吧。"然后宁的心情很奇妙地全然畅快了。所以——

"那也得自己来啊。"

"那也得你来。"

"再难也挑战看看吧。"

就这样说着说着，宁度过了这五年。那个时候幼小的杏现在也已经三年级了。

就在刚才，宁也说了那句口头禅。把杏哄睡着后，宁想着再完成一项工作，把桌子上的台灯打开，瞬间电灯泡坏了。只好跑一趟最近的便利店了。实际上稍微远一点的五金店里的更便宜，不过夜里九点五金店已经关门了。

话说回来，在这句话成为宁的口头禅之前，宁并没有任何口头禅。不，说有的话也有一个，就是"时隔一周的星期天啊"这句一周只说一次的短句。这句话到底能算是口头禅吗？

宁查了一下手边她用惯了的国语辞典。

宁是自由校对员。不仅仅是校对，宁也做录音的文字录入工作，有时也会把录入的文字整理成文章。在语言方面，不管多么细微的不确定之处，宁都会立马翻开辞典，这也算是职业习惯吧。

国语辞典里小小的铅字很难看清楚，因为太暗。靠近点看的话，理应不会动的铅字摇摇晃晃跳了起来。"老花眼"，这个词一瞬间闪过；不是吧——宁自言自语。

辞典上是这样写的：

【口头禅】时不时像习惯一样说出口的话。口头语。

宁想，原来如此，这样的话就没事了。虽然那句话一周只会说一次，但那一天宁不知怎的就会说那句话。从上小学开始到现在，一直如此。

还有三天就四十二岁的宁，三十五年间一直将这句话挂在嘴上。算起来一年至少有五十二个星期天，三十五年的话就有一千八百二十个星期天。每个星期天说三回的话那就有五千四百六十回，五回的话就有九千一百回。那这句话肯定是口头禅了。

"很好。"

宁出声说了这么一句，站起来拿着钱包急急忙忙往便利店走去。

翌日的星期天，宁在厨房、餐厅和起居室连轴转，然后用抹布擦着家里最大的一间房间的地板，自言自语道"时隔一周的星期天啊"。这是起床以后的第二回了。

思考一下的话，不，就算不用思考，时隔一周的星期几这种话其实并不限定于星期天。昨天是时隔一周的星期六，如果地球或者我自己不毁灭的话，明天是时隔一周的星期一。不管星期几，时隔一周都会到来。但是星期天是特别的，宁将这句话说出声来以确认这个事实。然后每次都会轻轻微笑起来。

包括轻轻微笑这一连串的动作习惯，都是宁进入小学之后突然形成的。虽然这样说，但宁并不是讨厌上学的小孩。上学是与早上醒来一样自然的事情，所以并没有喜欢或者讨厌这一说。

要说星期天有什么特别的事情在等着自己，也并没有。

宁是独生女，星期天大都是一个人孤零零度过。双亲经营意大利餐厅星期天不在家，宁每天坐三十分钟电车去私立小学，家附近也并没有休息日能够随意叫出来玩的朋友。虽然有帮忙做家务的阿姨，但她并不是宁的玩伴。

某个星期天，两个小女孩来找宁玩。她们都是与宁同龄的小朋友，但之前相互并不认识。

两个小女孩互相看着对方，带着难为情的表情。宁一头雾水地一直站在她俩面前。就这样静静再见吧。宁刚有这样的念头，其中一个女孩说："一起玩吧。"之后另一个说："阿姨拜托我们来找你玩。"

"我妈妈?"

"嗯，她说你在附近没有朋友，让我们来找你一起玩。"

宁明白了。因为看不下去自己的女儿假日一个人度过，母亲拜托了邻居家的女孩。

虽然三个人一起玩了起来，但自始至终，三人之间尴尬的氛围都没有消失。就算这样两个女孩在回去的时候还是说"我们之后再来玩哦"，并且如她们所说下周仍然来了。但是最后宁和她们的距离还是没有拉近，然后下下周，两个人就没有再来了。之后就再也没有来过。宁也并没有觉得很难过或者说遗憾。相反地，知道她们俩再也不会来的时候，宁心底反而松了口气。

一个人的星期天，不管是读书、看电视，还是午睡，都自由自在的。所以，宁每个星期都会期待没有任何特别事情发生的星期天。

然后现在也是。完全长大成人的现在，宁依然期待着每周只有一次的星期天。

不管怎样，有期待的事情就很好。宁一边擦地板一边这样想着，然后自言自语道："啊，时隔一周的星期天啊。"然后轻轻笑了出来。

"早上好，妈妈。"不觉中杏已经醒了，在宁的身后说道。

"啊，已经起来啦。"宁回头看到穿着睡衣的杏明显睡饱了，正睁着惺忪的双眼站在身后。

"嗯，好饿啊，睡不下去了。"

"真健康。"宁向杏露出了笑容，然后转头继续用抹布擦地板。

"妈妈，我说我饿了呀。"

"稍等一下。"宁想着要把地板擦完，回答说。

"等不了啦，我说了我是饿醒的呀。醒了以后更饿了啊。"杏回答说。

"那，再稍微睡一会儿呢？"宁说。

"啊——"杏向后仰身，继续说，"妈妈呀，我每次说肚子饿了的时候，你肯定会说那就再睡一会儿。"

"并不是肯定会这样说哦。"

"嗯，大致肯定的啦，之前也是这样说的。"

之前，到底是什么时候？另外，肯定就是肯定，肯定和大致是不会友好地手牵手一起出现的。宁咽下就在嘴边的话，继续擦地板。现在她只想要快点把地板擦完。

"那，你先去换衣服洗脸吧！"

"然后就能吃饭了吗？"

"嗯。这边结束了之后马上就去做饭。还有一点就结束了。"

"抹布一定要待会儿再洗哦。不然的话早饭马上就要变成午饭了。"

什么啊这么夸张。这样想着，宁抬头看了一眼时钟。还有不到十分钟就十一点了。

"真的唉。"

"啊，肚子饿啊肚子饿。"杏像是想要宁背她一样靠在宁身上，宁不由得身体往前一倾。

"喂，你很重哦。"

然后，杏像是想要将体重全部压在宁身上一样摇晃着身体。

"妈妈不是木马啦。"

听了宁这句话之后杏开心地笑了出来，更用力地摇晃起了身体，就像宁的身体是真的木马一样。

杏最近没有要求背背抱抱了，但却像这样更黏自己了。三年级的小学生还会这样吗？宁不太明白。因为宁自己不是这样的小孩。

8

宁从来没有觉得自己从小冷淡的性情是因为自己有什么精神方面的缺失，或者说是因为常年不在家的双亲和独生女的家庭环境。但杏的情况就不同了。家庭环境和精神方面的缺失有直接的因果关系，宁不安地想，杏不管几岁都想要肌肤触碰，是因为单亲家庭的环境让杏觉得缺少爱吗？

　　让杏就这样靠在背上，宁问："杏啊，你有没有过如果是这样就好了、如果是那样就好了之类的想法？"

　　"当然有啦。"

　　虽然是自己问出的问题，面对杏这样迅速的反应，宁还是需要心理准备的。宁觉得自己的脸僵住了，但是，还是装作若无其事的样子继续问了下去。

　　"比如说是什么样的事呢？"

　　"比如说，不想去学校的时候啊，就想每天都是假期的话就好了。"

　　"嗯……"

　　嗯……一边这么回应着，宁的心里却闪过"遭到霸凌导致不登校^①"这个词。虽然实际上杏自从上小学以来，只请过两天假。

学校嘛，不去也没关系。虽然这样想，但每天的学习可怎么办呢，如果这个孩子完全闭门不出了呢，那个时候要不要去找靖彦商量呢？虽然目前什么事情都没有发生，可是担心的事情就如同夏天的积雨云一样，在宁的心中风起云涌。

靖彦是杏的父亲。虽说是杏的父亲，但现在并不是宁的丈夫了。二人正式离婚是在一年前，不过早在杏三岁的时候他就离开了这个家，自那以后再也没有回来过。宁现在觉得，从那一天开始，靖彦就已经不是自己的丈夫了。

直到靖彦说出要离开家的前一天，家中一直平和，一点看不出哪里有崩坏的迹象。靖彦身边不见有其他的女人，工作上应该也没有什么困难。

靖彦离开家之后的一段时间，宁曾反复回想前一天发

---

① 日本文部科学省将不登校定义为"由于一些心理的、情绪的、身体的或社会的原因背景（疾病或经济原因除外），不上学或不想上学，年间缺席达 30 天以上者"。

生的事情。反复回想到头痛欲裂。就好像只要不断回想的话一切就能够回到原本的样子一样。

宁现在已经不再做这种傻事了。只是，会偶然地想起。从玄关到客厅之间短短的走廊。那一天，正要睡觉的杏耳尖地听到了玄关处开门的声音，那是杏像小狗一样冲到父亲跟前的地方。那个每天要经过很多次的地方，唤醒了那一天的记忆。

"是爸爸。爸爸，你回来啦。"

"我回来啦，小杏。"

靖彦单手轻松地抱起了飞奔向他的杏，然后蹭了蹭杏柔软的脸颊。杏发出好像被挠痒痒一样开心的笑声，在父亲的臂弯中扭动着身体。

宁接过靖彦沉甸甸的公事包，问："吃饭吗?"

"嗯，吃。"

"杏也要吃，杏也想吃饭。"

"杏不可以吃——"

夫妻二人齐齐用拉长了尾音的语调回答道（宁觉得这句话连二人的气息都合到了一起）。

“爸爸妈妈都好坏啊。”杏噘起了小嘴。

靖彦和宁用食指轻轻抚弄着杏左右两边鼓起的脸蛋儿，然后两人同时看向对方，一同微微笑着，互相确认着拥有这无可替代的孩子的喜悦（也许只是我的错觉吧，宁想）。

“嗯，来，杏跟爸爸说拜拜。”

“不要不要嘛。”

杏一边嘴上这么抵抗着，一边老老实实地从靖彦的臂弯到了宁的怀里。杏的手掌心热热的，是困了。将杏放到床上没一会儿，她就睡着了。

与在走廊的一角进行过的这段对话相同的对话进行过很多很多次，这一回与其他的本应毫无区别，却成了家人之间一起度过的最后的时间。正因为如此，那一晚在那个地方三个人的样子，就像一幅画，细致地存在了宁的记忆当中。

尽管这样，之后的发展可谓一落千丈，远非惊讶可以形容，晴天霹雳都算是轻的。就像是迷迷糊糊一无所知地站在悬崖边上，突然后脑勺狠狠挨了一棒，刚想着好痛，马上就被踢下了谷底。稍稍过了一会儿才终于能反应过来，那是深深的谷底，无论是身体上的痛苦，还是从谷底向上攀爬都只能说是令人绝望。就是这种感觉。

洗完澡的靖彦脸色红润，坐下后喝着啤酒开始吃饭。完全看不出哪里和平常不一样。不，甚至比平常心情更好，让宁好奇是不是发生了什么好事。

就着煮得酸酸甜甜的萝卜，吃下最后一片猪肋肉，靖彦说："啊，味道不错。"

"是吗，太好了。"

"嗯，味道很好，还想再吃。"靖彦貌似很满足的样子说道，然后继续说，"然后明天呢，我决定离开这个家了。"

为什么是"然后"呢。这里的连接词不是"但是"，很奇怪，平常的宁应该会立刻注意到这一点的。但那个时候完全没有留意，直到完完整整地反复回想那个夜晚的时候，宁才注意到了这个连接词的不自然。宁很后悔，若是那个时候注意到的话，至少可以指出他用语上的错误。

但想来，那一天，还是用"然后"更合适吧，因为对于靖彦来说，那段话一点都不具有转折性。

就算是质问靖彦离开家的理由，靖彦也拿不出丝毫像样的理由。并不是有了别的喜欢的女人，也不是对宁或者小杏的感情变淡了，也不是在这里待着会痛苦。不是欠债未还被人追债，也不是工作上遇到了瓶颈。

"也许是想一个人待着吧。"

靖彦置身事外一般说出这个离家的理由的时候，宁说了一句"哈"，仿佛发自内心地轻蔑他，用打嗝似的语调说了这么一次。

然后，"'哈'是什么啊？我说，这就是理由。"靖彦潇洒地回答。

"那为什么要结婚?"宁不由自主这么问道。

这个婚姻不是宁提出来的，是靖彦千盼万盼要结的。结婚之后第三年杏出生，靖彦压制着几乎快要哭出来的喜悦，用力地握着精疲力竭的宁，都快把宁的手握痛了，不断重复着"谢谢"，然后问："肚子饿了吧? 想吃点什么? 炸猪排饭还是鳗鱼饭?"

炸猪排饭和鳗鱼饭。光听着就觉得腻。什么也不想吃。就想安静一会儿。很困。宁虽然这么想，还是回说："谢谢，但是现在不用了，有点儿困。"

那之后过去的三年的时间里，靖彦身上发生了什么，哪些东西又消失了呢?

正想着，背上的杏说："我说，妈妈。我说我说，妈妈妈妈。"一边扭来扭去摇晃着身体接连喊着"我说"和"妈妈"。

"怎么了？"

"妈妈，刚刚你没听我说吧？"

"嗯？我好好听了啊。"

"唉，就是没有听啊。那，你说说看我刚刚说什么了？"

嗯——说了什么来着。杏刚刚确实是说了些什么，但宁心里想着那件事没有留意听。

走神的时间恐怕只有数十秒，不是，大概连十秒都不到。这件事本身耗费了漫长的时间，但是想起它只要数秒就够了。宁觉得挺不可思议的。

"嗯——那就是……什么来着？"

"你看，我就说吧。"杏好像是胜利了一样说道，然后要求说，"我再说一遍哦，不过你要先说对不起。"

又来了，宁想。做了错事就要说对不起，得到道歉之后给予原谅。学校是这样教导杏的。

从杏刚懂事的时候起，宁就教过杏"谢谢"与"对不起"的重要性。杏会说这两句话的时候宁也称赞过她，所以并不是不理解吗。不是不理解，但宁不禁想到，对于三年级的杏来说，不管做错了什么只要道歉就没问题了吗？

不仅如此，得到道歉之后，就算没有办法原谅也必须要说"没关系"吗？如果不说的话，恐怕这个孩子反而会成为坏人。

就算是道歉，也有一些事情没有办法简单地说出抱歉。

毫不斟酌这些细节，对当事者不经心地说出"对不起""没关系"然后万事大吉——宁不喜欢这样。

下课之后在教室里，宁曾说过："不要轻易道歉。"

杏曾对老师透露说："我妈妈说即使道歉了也不会得到原谅。"去年个人面谈的时候老师和宁说了这件事。

并不是不能原谅，需要看情况，更得看道歉者的心意。说清楚这件事要费尽口舌，而且有限的面谈时间已经过了大半，宁认为说清这事儿根本不可能，所以就这么说了。

说起来宁自己就曾是不轻易道歉的小孩。越是被父母斥责、越是不小心伤害到了朋友、越是从心底里觉得抱歉，就越难以好好地道歉。宁的"对不起"一直都晚了一步。因为这事儿宁又会被父母斥责，而且有时候小朋友们早已忘记发生了什么事，搞不清楚状况似的呆呆地看着她。

因为原本就有这样的想法，再加上那件事，也许宁变得更敏感了。

那个时候，靖彦轻易地就道歉了。不，不仅那个时候，靖彦一直都能很轻易地说出抱歉。就算不明白理由，只要宁不开心，他立马就和宁说"对不起"，一副为难的样子。虽然表情看起来很为难，但言语上一点也感觉不出困扰。那个语气只让人觉得只要他说了"对不起"，那这件事就算结束了。根本无法说出"没关系"，所以宁更不开心了，说："别跟我说对不起。"

别道歉。宁自己都忘得一干二净了，这句话才是她和靖彦一起生活的时候的口头禅。

讨厌"对不起"这句话，如果仅仅是口头上的"对不起"的话。这样想着，宁对杏说了一句仅仅是口头上的"对不起"。

"没关系。"杏规规矩矩地回答完，说，"我刚刚说啊，这样的话我就麻烦啦。"

"麻烦？"

"是很麻烦啊，因为我又不是一直不想去上学。"

"对哦。"宁明显松了口气，"那吃饭吧？剩下的一会儿

17

再擦。"

"就是就是，我饿得都快晕倒啦。"

杏稚气地说着，从宁的背上滚下来，倒在了宁刚刚擦过的地板上。

"还有。"

应该是真的饿了，杏瞬间吃完了涂满了一堆草莓酱的厚切吐司和两个煎荷包蛋，像是终于舒了一口气，说了一句"还有"。

"还有？"

"我还想过如果像加奈那样就好了。如果变成加奈的话会怎样呢？"

看来是接着刚刚的"如果是这样就好了"的话题。

"加奈？"宁也不是疑问，就是随声附和了一下。宁知道加奈。

"加奈长得又可爱，学习又好，性格也好，简直无可挑剔。"

"是的。不过杏变成加奈的话，杏就不在了，妈妈会很孤单的。"

一听宁这么说，杏的脸上立即浮现出开心的表情："妈妈你好笨。"然后说，"杏变成加奈的话，加奈就变成杏了啊，妈妈一点也不会孤单啦。但是妈妈，就算这样也有麻烦事。"

"尽是麻烦事呢。"宁说。

"真的，总是不顺利呢。"杏回答。

看着杏嘟嘟鼓起的可爱的小鼻尖，宁不禁笑了出来。

"不是可笑的事情啦。"

"啊，真是对不起。"

虽然又是"对不起"，不过这个"对不起"很快就说出口了。当然，并不仅仅是口头上的。

"没关系。"杏规规矩矩地回答道，"因为妈妈，如果杏变成了加奈，那加奈不就消失了吗?"

"唉?"

宁的嘴保持了说"唉"的状态。目瞪口呆并不仅是比喻，还是此刻的现实。往嘴边送的咖啡杯也停留在了离唇一厘米处，像是思考了一下到底是就这么放着还是怎么办，犹豫了一会儿又放回了桌子上。

"因为杏变成了加奈，那加奈不是在的吗?"

"但是，那个加奈是杏啊。"

刚刚还在说因为加奈变成了杏所以妈妈不孤单的杏，现在又极力主张加奈会消失。

"那个加奈是杏的话，那变成杏的加奈就是加奈了呀。"

"好复杂，搞不懂了，妈妈。"

这样说着，杏喝了牛奶，吃了香蕉。在吃的过程中，什么也没说。看来一边吃一边在继续思考成为加奈的自己，还有成为杏的加奈。

"杏——我说成为加奈之后的杏，"一边说着前提条件，"其实明白加奈实际上是杏的吧?"杏继续说道。

"是吗? 也有完全不知道就互换的情况吧?"

"也许有吧。但我们肯定是在知道的情况下互换的。所以，加奈变成了杏就不是加奈，但是加奈实际上是杏所以不是加奈。懂了吧?"

虽然复杂但不是不明白。

"懂了。"宁回答。

"但妈妈你不知道加奈变成了杏……"

"唉? 不知道啊?"

"是啊，因为妈妈你不是杏也不是加奈啊。所以就算实际上是加奈，但杏还是在的，所以妈妈你不会孤单啦。"

"杏不是杏这种事，妈妈会立即发现的。"

"会吗?"杏说着，把刚刚还盛着牛奶的玻璃杯往嘴边送。那个已经空啦。宁在心里没有出声地说道。

"啊，刚刚喝完了。忘记了。"

"再来点儿吗?"宁问。

"不用啦，我喝好啦。"杏回答完后，又说，"不过，只要一天也不错，能交换一下就好了。"

收拾完餐具后，宁又回去用抹布擦起了地板，一边想着交换人生的事儿。手上虽然忙着，头脑却空闲，想考虑些什么都可以。如果仅仅一天，可以变成别的什么人的话，自己想成为谁呢? 从身边的人到名人名士，一个一个数过去，也没有想成为的人。虽然如此，宁也清楚并不是因为自己特别满意自己。

"啊，真是太傻了。"宁轻轻抛出一句嘟哝。

杏在宁身边坐下来，问:"妈妈，难道说今天万起会来吗?"

万起指的是西岛万起子，宁从大学时期以来的朋友。

学生时代还只是同在一个研究室，没什么深交，进入社会
之后才亲近了起来。

大学毕业以后，宁在神田神保町的一家小小的出版公
司边打杂边学习做编辑。另一边，万起子在品川水族馆兼
职做检票员，同时在上造型师培训专门学校。

万起子从专门学校毕业以后，刚开始是做造型师的助
理，工资比兼职检票员的还低。宁的工资虽然比万起子高
点，不过也没有高到哪里去。

坐班时间一味地长，收入却少得可怜。没什么自由时
间和钱，但宁和万起子却经常见面，互相畅谈工作与恋爱，
然后各自奔向各自的工作岗位。

这样过了将近二十年，万起子现在已经是著名艺人的
专属造型师，总而言之很忙。尽管很忙，她也会见缝插针
地抽空来找宁玩儿。这一点从那时候开始就没有变过。

翔小的时候，万起子还会带他一起来玩。翔是万起子
的独生子，和杏同年。同年就不说了，俩人还是仅仅相差
了一天降临到世界上。预产期就只差了一天，宁和万起子
挺着同样鼓起的肚皮讨论过不按日子出生也很正常，结果
二人齐齐提前了一周出生，还是只相差了一天。这个翔，

最近基本不来了。"他说因为可以一个人待着，所以一个人待着比较好。"万起子解释说。

然后万起子也没说过今天要来。

"不来啊。为什么这么问？"

"因为妈妈你在擦地板啊。"

宁不禁高声笑了出来。

平时只是打开吸尘器草草清理一下。今天却连储物柜、电视，还有电视柜上的灰尘都一一擦净，一直放在外面没收的杂志也收到书架上，还在用抹布擦地板，这是家里要来客人的待遇。

"嗯，可惜不是。"

"因为妈妈今天要办生日会吧。喊万起来嘛。"杏说。

"妈妈的生日是后天。"

"我知道啊，这个。但是，今天是星期天呀，要办妈妈的生日会的。"

又不是小学生，现在办什么生日会啊。不是，比起这个，办生日会？到底谁来办啊？

一边准备自己的生日会，一边嘟哝"这也得我来啊"这种事儿还是算了吧，宁想。

"不办不办。"

"办吧。"

"不——办。"

"那妈妈，一起出门吧？"

"不出门。"

"那，玩儿点什么吧？"

"不玩儿。妈妈要工作。"

"明明是星期天啊，星期天要休息。"

"星期天也有很多人不休息的。"

"但是妈妈，那样的人在别的日子会好好休息啊。妈妈都没有休息过。"

"啊，那里不能坐。"宁高声说道。杏为了缩短和宁的距离正拖着步子走过刚刚擦完的地面。

"没关系啦，这样就没问题了。"

杏屁股坐在地上，双脚并拢，双手抱着双膝，抬起了脚，和地面接触的就只剩屁股了。

"这样的话会留下奇怪的痕迹。"

"擦地板——"

杏保持着这个姿势，咯吱咯吱地挪动着屁股。但是牛仔裤不是那么容易滑动，想要滑动起来的杏身体失去平衡，咯咯笑着滚倒在地。

这个孩子没问题。看着笑容满面的杏，宁想着。可以这样开怀地笑出来，至少现在是没问题的。

"好了，结束了。"擦完地板，宁站了起来。腰好痛。

"妈妈。"

"嗯?"

"一起玩儿吧。"

就算告诉杏不开生日会也不出门，她还是不放弃。

"不能玩儿。"宁这么答道。不是不玩儿，而是不能玩儿。宁然后故意做出想哭的样子，说道："妈妈有明天要交的工作。"

"妈妈老是有明天要交的工作。因为说明天要交的话，杏就会放弃对不对。妈妈、妈妈。"

最后的两句话像是念经一样，保持着一定的节奏。

将杏虽然像是念经却不像念经一样让人感激的声音抛在身后，宁朝自己不满十平方米的工作室走去。

买房子这事不着急，不，宁觉得买房还是晚点好。但靖彦坚持说为了即将降生的孩子必须要有自己的房子，所以一到休息日就跑去看房子。

那个时候的靖彦根本想不到吧，之后四年不到的时间里，自己会将妻子和孩子抛在这样辛苦找到的房子里离开。但，这已经成为现实。靖彦现在也在支付着剩下十九年的贷款。

正式离婚的时候，两人商定了将支付房子的贷款作为抚养金和教育费。花了四年的时间才离婚，是因为互相都觉得在某个时间点可以回到最初吗？但四年的时间，只是让双方习惯了分别后的生活而已。

没有任何争执的离婚。

"还有这样的离婚？离婚就应该你死我亡才对。不过啊你们俩就是不是一家人不进一家门地虚伪。装样子装到一块儿了你们夫妇。啊，已经不是夫妇了哦？"万起子这么噎过宁，不过的确，他们二人唯一在意的不过是杏罢了。已经不是夫妇的二人仍然是父亲和母亲，二人商量过如何跟二年级的杏说明爸爸妈妈不在一起的事情。结论是觉得由和杏一起生活的宁来解释比较自然，于是宁就单独说了。

"我就想着总有一天会这样的。"杏说。二年级的亲生女儿这样果断地说出这句话，让宁的心脏仿佛被锐利的刀捅过一样。但是被晃来晃去的刀捅过的，不是宁，应该是杏的心脏吧。

"对不起。"

"没关系啦。反正爸爸一直都不在。"

"就算不在，今后爸爸也都是杏的爸爸。"

宁留意到脸色一直没有改变的杏，一瞬间出现了厌恶的表情。宁的心脏好像被尖锥刺过般疼痛，这个尖锥和刺在杏心脏上的是同样的吧。

自那天之后，杏的口中再也没有出现过"爸爸"这个词。宁认为，不说这个词——说不出口这个词——比起说出来，更是因为她正在想着爸爸吧。

令宁感到意外的是自己父亲的反应。不管什么时候，让父亲绞尽脑汁、费尽心血的都是料理和餐厅的事儿；比起独生女儿，餐厅的事儿要远远重要得多。宁是抱着这样的想法长大的，虽然有点孤独，也让人感到轻松。

和父亲报告了离婚的事之后，父亲只问了一句话："难过吗？"不是"这样行吗？"也不是"抚养金要拿好。"宁在父亲的这句话中，看到了以前从未知晓的父亲的感情。

"没有感到难过本身挺让我难过的。"宁答道。

"是吗?"父亲说,之后就再没问过别的。

这些事情,不知道为什么宁总是在这间工作室中想起,不清楚理由。即使不清楚,但是想找出理由的话也能找得到,这样找到的理由,恐怕正是真正的理由。

那么说起这个理由,应该是因为靖彦正在支付这个家的贷款,也就是抚养金,也就是教育费。

宁现在的收入来自各种编辑工作,其中大半都是以前工作过的出版公司交办的。虽然说不上多高,但是房贷还是付得起。杏目前还花不了多大费用,所以目前还能应付着过。

靖彦曾说过,之后如果杏要花很多教育费的话,要别客气地告诉他。虽然回答了"谢谢",但心里还是暗暗骂道,别以为这样我就领你情了。什么叫要花很多的话?肯定会花费很多的。宁也愤怒过,靖彦连说教育费就交给他这种话的度量都没有。

但是到了现在,已经一分钱都不想拿他的了。如果收入再多点的话,连房子的贷款都不想让他还。目前感觉每个月还在从分开的丈夫那里拿钱一样,虽说不是直接的。

这让宁感到很憋屈。

"真傻。能拿就拿啊。"万起子离婚的时候没有拿到任何抚养金和教育费，却还是说宁，"别装模作样了。你这虚伪的女人。"笑道。

也不是虚伪。虽然有点强撑，但并不是装模作样。如果可以的话，想挣更多的钱，然后自己对自己说："这也得我来！"

"挣钱了。"宁小声说道，然后埋头开始了下周截止的录音文字录入工作。

"现在在家吗？可以电话吗？"

两个小时以后，万起子来了信息。

不管怎么说，在时隔一周的星期天放着杏不管是有点太过分了。这个点宁正想着是不是给杏做个美式松饼，再倒杯茶。

杏趴在客厅的桌子上，展开了写生簿在画画。只要有时间杏就会拿起画笔。

"在家呢，电话 OK。"

刚回信息过去，立马来了电话。

"我现在在公司。"万起子说。

"嗯，怎么了?"

"别的没什么，我这边还有大约两个小时就结束了。宁，今天忙吗?"

"相对来说还行吧，过来吗?"

"你没事就行，你生日嘛。"

"我生日是后天。"

"我知道。但是后天是工作日，而且晚上还有工作，所以想着就今天怎么样。"万起子说。和杏的想法一模一样，宁不禁笑了。

"给你买整个儿的大蛋糕，蜡烛四十二支，一根不少地给你插上。"

"四十二支什么的不需要。有那种数字的蜡烛吧，用那种。4和2。我会把这俩调个顺序插。"

"二十四? 你脸皮真厚哪，和以前一样。但是没问题。"

"二十四没问题?"

"不是这个。四十二也完全没问题的。回头见。"

"喂喂。"

宁还想说点什么，但被万起子无视掉，她说完想说的，就挂了电话。

那美式松饼就不用准备了，带杏去买点东西吧。杏之前虽然说过购物无聊，不过跟她说是为了生日会买东西，另外万起子和蛋糕一会儿都会到的话，杏的心情应该也会不错。然后，像往常一样说了一句："这也得我来啊。"

然后，出声说了一句若是平常不会出声说的话："这也得你来。"

之后，大声说："啊——要办生日会了。"

"太好了!"

客厅传来杏的回应。

"万起会来的吧?"

朝着工作室走来的啪嗒啪嗒的脚步声，跟着杏的声音传了过来。

二 三十来岁的男人

西岛万起子执着于三十来岁的人。

不过，执着的对象仅限于男人，而非女人。是的，西岛万起子执着于三十来岁的男人。

是执着吗？

万起子自问。的确，她只对这个年纪的男人有性方面的兴趣。现在的恋人就是三十二岁；之前交往过两年，半年前分手的男人三十五岁；之前的男朋友也是。啊，但是——万起子想——那个时候我自己也是三十来岁。

"但还是比你年纪小吧？"

如果是朋友安冈宁的话肯定会这么说。不对，实际上刚听她这么说过。昨天，为了提前两天给宁庆祝生日，带着生日礼物耳环和蛋糕到宁家的时候。

宁和她的独生女儿杏、万起子三个人庆祝完生日，杏睡着之后，两个人喝着红酒，用杏听不到的声音聊起了天。并不是什么深刻的话题，只是对于小孩来说还有点早。

那个时候，宁用"真受不了你了"的感觉说道："我受不了，比我小十岁的男人。光想想就起鸡皮疙瘩。"

宁的语气里没有一丁点儿的谎言和丝毫的厌恶。

万起子也笑着回道："你这个人就是，必须要让别人觉得你可爱才行。"

"说什么呢。但是万起子，如果只限定在三十来岁的男人的话，这之后你们的年龄差会越来越大的。原本只是比你小十岁，慢慢会变成比你小二十岁三十岁。就像母子一样了，话说回来差不多算祖孙?"

宁这么一说，万起子才开始考虑这件事。只考虑年龄差的话的确是这样，那样也太难看了。而且就算看起来过得去，这又算是怎么回事儿呢，万起子想。

"祖孙就算了，祖孙。"万起子回答说。

"就算是你也受不了吧。但是你知道吗? 那个法国贵族的话。"

"什么?"

"谁来着,反正有这么个人。有个快八十岁的老太太感叹过,没有办法在阳光下和年轻的恋人甜言蜜语了。太阳光下哦。"

"那在什么地方可以?"万起子轻轻追问。

"摸黑吃火锅的时候。"

之后两人突然笑了出来。

如果与现在的恋人的关系一直持续下去的话,他总会到四十来岁、五十来岁。但是,这份感情不可能持续到那个时候。恋爱的周期随着年龄增长确确实实地在缩短。先厌倦的总是万起子。一旦成为习惯,男人总会开始在所有有趣的事上图省事,一直重复同样的事情,约会啊,性生活啊,都很快失去新意。万起子想这样的话不如就算了。然后下一个喜欢上的男人还是三十来岁的。

"有时候啊,"万起子说,"有些上了年纪的男女还不是会拉着手在街上走吗?"

"挽着胳膊,搂着肩什么的。"宁补充道。

"啊,那种啊,百分之一百不是夫妻。"

"嗯?"

"只说拉着手的中年男女哈，两个人是夫妻还是外遇立马就能看出来。"

"说起来确实。"

"夫妻就算了，不讨论了，就像洗褪了色的衬衫一样的氛围。但是外遇的中年男女总能看出来哪里不干净。"

"所以要年轻的男人？"

"嗯。"

"但是万起子，中年女人和年轻男人的情侣说不干净的话也不干净吧？"

"所以不谈严肃的恋爱。去掉爱，只有恋。"万起子说。

"而且是速战速决。"宁泼冷水。

又要工作，又得照顾孩子。也会喜欢上男人，但是不会像以前一样深爱了。万起子觉得"爱"这种话是做爱过程当中的用语。

"说起来现在的年轻人啊。"这句话是宁说的，还是自己说的已经记不清了。但"现在的年轻人"，说出这种话的同时自己已经是老阿姨了。不是，就算不说这种话自己也是老阿姨吧。但是万起子一直不觉得自己是什么老阿姨。老阿姨，感觉和自己完全不是一个物种。

　　不管是谁说的，那个时候说的年轻人，不是指成年女性，指的是初高中或者大学生。称不上成人，但也不是小孩子的年龄阶段。

　　"现在的年轻人啊"之后是这么继续下去的。

　　"就算是一个月也会说交往过，这是怎么回事？"

　　"不不不，一个月太长了。就算是一周也会说交往过的。一般会这样说吗？"

　　"对吧，完全不算是交往过吧。"

　　万起子和宁两个人轻率地非难起现在的年轻人。

　　但是怎么办，如果照目前的形势继续下去，我也会走同样的路线的。速战速决。宁说得对，交往时间会变短，而年龄差会越来越大。

　　摸黑吃火锅啊。万起子想起这句话，苦笑。

　　万起子四十二岁。虽然四十二岁，但从来没有想过自己都已经四十二了。不能说非常年轻，也不能说就是上了年纪了。精力也还充沛。而且不管怎么说，作为独当一面的自由职业者，不是某个组织的一员，在工作中不那么青涩反而能够赢得尊敬。这一点她深有体会。刚刚好的年龄，万起子觉得。终于走到了这里，万起子想。

正因如此吧，万起子听到同年龄的女性说"已经这个年纪了"这种话就会觉得愚蠢。觉得这种话愚蠢，也是因为自己有工作，并且还是单身女性。一下就觉得这口气不能放松，工作和恋爱都还大有可为，所以充满了干劲。

"首先，不要自虐了。然后，你的那个……"这话涌到万起子嘴边。涌上来又被万起子放回肚子里。在这个时候辛辣地批判服装造型算怎么回事。不过的确是有意义的。服装讲述了这个人。服装代表了你自己啊，万起子心中自语。

万起子是造型师，而且是某个正在成为权威的男性艺人的专属造型师。

"造型师？那是什么东西？"

毕业以后不想找工作，想上造型师培训学校。鼓起勇气和父亲说了之后，父亲的第一句话就是这个。

那是在金泽老家宽敞又寒气森森的佛堂。小时候开始，要谈正事的时候总是会在佛堂。被责骂也是。不仅仅万起子是这样，弟弟直哉也是；甚至把万起子他们叫进去的父亲，从小也是被祖父叫进佛堂的。

父亲可能是被叫进佛堂最多的人。万起子记得祖父和父亲商量生意上的大事总是在佛堂，而不是店里。

万起子家代代经营木材批发。佛堂里有个大到离奇的佛坛，散发着其他房间没有的特殊气味，是点燃的线香和从不断绝供奉的小菊花混在一起的味道。这种味道，让佛堂更加难以亲近。

和万起子相差一岁的直哉小时候只要进到佛堂里就哭。

"姐姐，不害怕吗？我只要进去那里就会害怕得差点尿裤子。真讨厌，就算是现在也讨厌那里。"直哉中学的时候进佛堂不哭了，曾这样说过。

"你啊，那个时候百分百会哭到抽抽。"

"因为不认识的爷爷奶奶他们排成一排直勾勾地盯着我啊。"

"什么不认识啊，那都是祖先。"万起子笑着回答，接着又说，"说起来，我小学的时候头一次进校长室觉得很像佛堂。因为历代校长的照片一样排成一排嘛。"

"真的吗？校长室才不可怕。又亮堂，照片上也都是不认识的人。"

"你说什么呢。刚刚不是还说祖先都是不认识的人吗？"

"完完全全没关系的人一点都不可怕，但有血缘关系却又不认识，而且死掉的爷爷奶奶们不知怎么的就是可怕。"

小直哉害怕、畏惧的，并不是照片本身，万起子模模糊糊感觉到。同样的说教，对于万起子和直哉来说感受却截然不同。直哉小小年纪便被要求作为这个家的继承人进入佛堂了。

不管对于自己的将来有怎样的希望，直哉都将被束缚在这个家、这片土地上度过一生，成为户主，成为当地的名士。宽敞的佛堂，以及里面绚烂的佛坛，正是它的象征。

在这个地方，万起子向父亲说明了自己的目标职业是什么。

"简单来讲，就是给演员、艺人和电视节目或演出，以及广告什么的准备服装的工作。但是，并不是只要准备完服装就可以的，不同的节目用的服装都不一样，根据穿的人的形象也……"

细说的话不可能说完，但万起子知道不管怎么仔细地和父亲说明，父亲也不会理解这份工作真正的意义所在。重要的不是理解（当然比起不理解，能够理解远远要更好），而是要让他知道万起子的决心。不指望他能够原谅自己，但他必须放弃他的期待。

万起子想，让父亲的期待落空这已经是第二次还是第三次了？第一次是放弃考音大的时候。第二次是当地的电视台播音员考试落榜的时候。本来是后台强硬、绝对不可能落榜的考试，不过万起子有考不上的自信。

那个时候的万起子又窝里横又怕生，更不通人情世故。虽然不通世故，但也知道企业绝对不会采用完全不合适的人做员工。接到不采用的通知的时候，感觉自己被否定了。虽然也失落，但万起子偶尔会觉得，更多的是放下心来的感觉。万起子想，啊，这下终于可以不用当播音主持了。

父亲又想了别的对策。阻止了父亲的是嫁过来以后一次都没有唱过反调的母亲。

"你那么做一点用都没有。最重要的是，万起子本人一点都没有想要做播音主持。"

"那毕业以后就赶紧给我回家。"父亲暴怒的声音震得山响。

"姐姐，毕业了以后每天就是相亲吧。"直哉在耳边说道。

万起子说话的时候，父亲不仅没有点头的动作，连话也没有插一句，就那么听着。

与挺直腰背盘腿而坐的父亲面对面，万起子跪坐着，看着父亲的眼睛继续说。从小时候开始父亲就教导她，说正事的时候要这样坐。

不知是被万起子盯得太过了，还是她说的话太难以令人接受，没过一会儿，父亲闭上了双眼。万起子没有管，继续说了下去，像是透过父亲闭上的双眼直视着父亲的瞳孔一样，到最后也没有移开目光。

万起子说完以后，父亲还是没有要睁眼的意思，不仅如此，动都没动。万起子继续看着父亲。双腿跪坐得毫无知觉之后，万起子刚想喊一声"父亲"的时候，"也就是幕后工作者吗？"父亲说。

愤懑到无可奈何的心情透过声音传过来。

"是的，幕后工作者。"

万起子干脆地回答道，干脆到自己都惊到了。然后慌张地下移视线，看到了父亲盘着的腿。

万起子忽然想起已经全然收起的幼年回忆。

一边吃着喜欢的下酒菜，一边慢慢喝着一合①烧酒，这是父亲每晚的消遣。两个孩子先吃完了晚饭，直哉吃完之后就到隔壁的起居室看电视。但是万起子会被继续喝酒的父亲叫去，抱起她放在盘起的双腿上。抱着万起子，父亲的心情越发好，然后肯定会这么说："你是爸爸的掌上明珠。"

小小的万起子还纳闷自己为什么是爸爸的"烧酒珠子"②。说到底"烧酒珠子"究竟是什么呢？也许是因为爸爸在喝酒的时候总是像这样把自己抱在怀中央吧，万起子小脑袋里想。

等到万起子知道这话的意思的时候，已经坐不进父亲盘起的腿上了，但万起子晚饭后还是陪父亲喝酒。万起子依然是父亲的掌上明珠，是弹得一手好钢琴的、可爱的、让人骄傲的女儿。

一直到万起子十七岁，父亲的梦想都是让她成为钢琴

---

① 合：日本常用计量单位。一合约 180 毫升。
② 日语中与"掌上明珠"发音相似。

家——这也是万起子自己的梦想。但高二那年，被告知"以你的听觉条件有点困难"之后放弃了进音大的梦想。这个梦想消失之后，父亲新的梦想是她能进入地方电视台成为播音主持。这个梦想也倒塌之后，就想让她跟着合适的男人过舒适的生活——万起子很容易就料到了。

尽管如此，女儿又要违背自己的期待，到东京去做什么幕后工作，还偏偏是收拾艺人衣服这种幕后又幕后的工作。

万起子想，父亲的沉默、闭上的双眼、肃杀的表情，都表达着父亲的愤怒。

"然后呢？"

"什么？"

"所以，从那个什么学校毕业以后立马就能做你那个工作吗？"

"开始是造型师的助手。"

"合同雇用吗？"

"合同雇用……嗯也算是吧，做几年助手然后独立。"

"多大？"

"二十二岁。"

"不是，我说的是独立的时候，那时候你多大？"

"二十五左右吧。"

万起子这么回答，这是谎话。从专门学校毕业是二十四，自那之后一年就独立是不可能的。但只能这么说。

"啧。"父亲好像咂了一下嘴，不过也许是幻听也说不定。但父亲的心情她很明白，在父亲描绘的万起子的未来里，那一年应该给她办带着家族威严的豪华的婚礼才对。

成为造型师可以独当一面的时候，万起子二十七岁。之前一直在做造型师菅野的助手，菅野为了庆祝万起子独立门户，给了她一个自己一直在跟的电视节目。虽然是深夜档低预算的节目，但有一波忠实的观众，工资虽低，但没什么被腰斩的风险。

在那个节目里作为常驻嘉宾出演的是艺人工藤勉。那个时候，谁也没有想到改换造型的效果会那么好。节目里也有很多比他更被看好的艺人，但只有工藤和他的经纪人一直指定万起子做造型。之后的工作也是，那之后也是。然后不知不觉间，万起子就成了他的专属造型师，仅仅是他就给万起子带来了充分的工作量。

三十一岁那年万起子结婚了。成为丈夫的那个男人以前是演员，但结婚的那个时候已经不登台演出，也不演电视剧了。

引以为傲的女儿、掌上明珠，从掌中跌落，和不知底细的男人结了婚，故乡的父亲应该深深地失望了。钢琴家、播音主持、结婚，想到哪一个都没有满足父亲的期待，婚礼当中万起子没敢正眼看父亲。

但是万起子认为，丈夫总会找到工作、成为演员的，只要等着那个时候到来就可以了。到底为什么会这么想呢？

"万起你只要等着就好了。"丈夫的演员朋友中的谁曾这样说过的原因吧。还是，万起子看到的艺人或演员都是成功人士，所以误以为自己身边的人全部都会成功。本来只要稍微想一下就会明白，像丈夫这种既不热衷于观看舞台表演，也完全不会去美术馆或者书店的男人，根本不会成为成功的演员的。

不出所料，过了好几年他也没有崭露头角的迹象。原本所属的剧团也好，不定期的打工也好，不知什么时候都辞掉了。在万起子看来，不是，在世人看来，这不过是一个年近四十的无业中年男子罢了。

　　两人生了一个儿子取名叫翔。翔四岁的时候万起子离婚了。养育儿子的当然是万起子,法律上来说监护权也是万起子的。始终反对离婚的丈夫,在这件事上一点异议也没有。

　　离婚之后,丈夫成了曾经是丈夫的男人。他每天接送翔去保育园,并且一天中的大部分时间都和翔一起度过。虽然对这个男人连指尖大小的留恋都没有,但将小小的翔从他的人生中拿走,万起子还是会为他的可怜而落泪。

　　上了小学以后,翔突然成了问题儿童。上课时间不好好在座位上坐着,不仅在教室里转来转去,甚至会离开教室。

　　翔离开教室的次数多到学校都快习惯了,班主任觉得实在没有办法了,就把万起子叫到了学校。

　　安排好工作之后,万起子去了学校。孩子们都回去了,教室里只剩下一排一排的桌子。在教室角落,万起子面对着孩子的班主任。

　　"不管怎么讲翔都不听啊。"

　　班主任露出束手无策的表情起了话头,万起子立马低下头说:"万分对不起。"万起子心想因为动作太快也许看起来没什么诚意,班主任老师却没往心里去一样继续说:"出去找翔的时候,老师不在教室里,上课也停止了。不管怎么说都是才一年级的孩子,我不在的话恐怕会很麻烦。"说完叹了口气。

"是。"

"之后我请校长和副校长老师帮忙找了,但二位老师平时也都非常繁忙,从我个人来说以后真的不能再麻烦他们二位了。"

"那当然——"

万起子回答道。但是,那当然是什么呢?那当然是我监管不周?那当然是翔的错?那当然是你的指导能力不足?到底当然是哪个呢?

但是班主任老师听到了万起子的回答,像是觉得万起子终于理解了自己的难处,展露出笑意说:"这件事啊,我们想让您以在教室参观监督的形式进行协助,不知道您以为如何呢?"

为了让翔不离开教室你过来看着他吧。万起子的心里把这句话翻译过来。

"老师。"万起子说，声音在自己听起来也觉得不太自然。不是故意让老师觉得自己焦虑的，而是自然而然声音就这样了，肯定是突然之间自己觉得这事儿不太好办吧，"是让我每天来学校吗？我还要工作，不太可能每天来学校。我会好好和翔说的。"

班主任沉默了一会儿说："那好吧，您在家里好好和他说一下吧。如果这样的情况还是无法改善的话，还是得请您来学校的。"

就这样结束了这次谈话。

刚结束了晚饭的客厅里，仍然残留着晚饭咖喱的味道。吃腻了"咖喱王子"牌，最近这段时间翔喜欢上了甜口的"佛蒙特"牌咖喱。对万起子来说太甜的咖喱，翔总是一边吃一边喊着"好辣好辣"。恐怕不是因为味道真的很辣，而是因为想要炫耀他在吃大人口味——虽然如此还是很甜——的咖喱吧。

"这个是大人口味的咖喱吧。"

万起子一边说着"也该试试这个了"，一边看着手里的"佛蒙特"牌咖喱的袋子。翔在旁边用很开心的声音这么说。

"是啊。"

"因为我升一年级了，所以要吃这个牌子的了对吧?"

"没错。"

万起子想起了之前在超市的咖喱和炖汤酱料货架前发生的这段对话。因为翔升一年级这件事高兴的并不只有翔，万起子也是。升一年级的话上学放学就不用接送了，轻松了不少。虽然这件事上轻松了，但没有想到发生了别的令人头疼的事情。而且这个头疼的事情分量远超过了轻减的负担。完全没有成比例。

"老妈，今天不用工作了吗?"

吃完饭以后看着没有要去工作室的妈妈，翔问。

"过会儿就去。今天工作不太多，翔睡着以后再做也来得及。"万起子说。

"那一起玩游戏吧?"

"不急。一起吃个冰激凌吧?"

"嗯。"

听着翔的声音如此开心，瞬间觉得想要谈一谈的事不重要了。但是，万起子完全清楚，这样下去绝对不行。不仅是因为答应过班主任老师，更是因为翔如果还是继续逃课，为此万起子必须要去学校监管的话，是肯定不行的。

从冰箱里拿出了香草和巧克力味的冰激凌杯，巧克力是翔的。

吃了一两口冰激凌后，万起子开始了谈话。

"翔，听说你总是离开教室是吗?"万起子用勺子挖着杯子里的冰激凌，问。

"嗯。"

"为什么呢?"

"因为太无聊了。"

不能发火不能发火——万起子一边平息自己的怒火，一边换着方式问什么无聊啊、为什么无聊啊、怎么才能不无聊啊，但翔已经不愿意再开口说话了。

最爱吃的巧克力冰激凌开始融化，翔在杯子里胡乱搅拌着。

"很脏，别搅了。"不小心还是大声说了出来。一旦爆发，万起子就再也抑制不住了，"没有哪家孩子会在上课的时候离开教室吧? 大家都是好好坐在位子上听课的。"

就算万起子吼骂出声，不，也许正因为万起子吼骂出声，翔还是一言不发。

"你倒是说话啊。"

"你声太大了。"翔说。

这话，还有说这话的方式，将万起子的怒气点燃了。

"你怎么和妈妈说话的?"

听到万起子大吼，翔低着头，只用眼神向上看着她。

因为愧疚于陪伴翔的时间太少，保育园时期万起子每次听到翔和男孩子们打架了，或者拉扯小女孩的头发这种消息的时候，都觉得这都是自己的错。但是，她没有在表面上展露过这种心情，更一次都没有说过"妈妈不能和你一起玩真是抱歉"。

代替展示作为父母的脆弱，万起子责骂了翔。不能打架要用语言沟通。不能温柔对待女孩子的不是男子汉。每当出状况万起子都会嘱咐翔，翔每次也都和妈妈约定说不再犯了。但是说到底，翔从来没有遵守过他的约定。所以母子二人总是重复同样的对话。一直到现在。

这次和以往不同的是，翔已经不再答应不再犯了。这个意思，和宣言说以后还会再犯是一样的。万起子想起班主任老师困扰的表情，回忆起自己翻译出的那句"来看着孩子吧"的话，打了个寒战。不可能有这种时间。

"妈妈要工作。"万起子说完站了起来。

翔还是眼神向上死死地盯着站了起来的万起子，眼里带着愤怒以及反抗。万起子想，怎么这倒是我的错了？别开玩笑了。

"翔离开教室的话老师就得去找你，但这么做的话老师就没办法上课了，老师很困扰的话会让妈妈去看着你。妈妈那个时间没有办法工作的话，其他时间要不眠不休地工作才行。不然的话就没有工作来找妈妈了。而且，在外面工作的时候妈妈要是去不了的话，就成了妈妈扔下工作不管，最后还是会失去工作的。"

妈妈。妈妈。妈妈。万起子心想，妈妈什么的真是受够了。但即使如此，不可能说不做了，更没办法不做。

"妈妈的工作要是丢掉了，都是翔的错。"

万起子怒吼道。虽然是在威胁，但也不全是威胁。如果落到必须去看着翔的境地的话，工作确确实实会丢掉。谁会把工作交给扔下工作现场去小孩学校待着的人啊。造型师的替代者要多少有多少。

"我没有给任何人添麻烦。"万起子要离开客厅的时候翔在背后说。

"什么?"万起子回过头来问。问话里已经带有了责备的语气。

"我没有和谁打架,也没有欺负女孩。没有妨碍到任何人。老师上次在山田捣乱的时候说妨碍到别人的话就出去,虽然山田没有出去……"

"让出去翔就出去吗?到底你做了什么老师这么说你?你捣乱了吗?"

"才没有。"翔说。

虽然没有捣乱,但国语和生活课的时间很无聊,所以在捣乱之前就离开教室。目的地肯定是学校后院,那儿正好是食堂的后门,剩下的食物要做有机肥料,所以那里也是剩饭剩菜堆放的地方。那里是学校里有最多鼠妇生活的地方。因为离开教室以后肯定会去那里,老师肯定也知道,所以就没有到处寻找的必要。

翔总算来来回回地把话说清楚了。

万起子知道翔从保育园的时候起就很热衷于玩鼠妇。万起子以前去保育园接翔的时候,老师曾经告诉她说翔可以在院子里把鼠妇团成团玩一整天。每次万起子想到这样的情景都不寒而栗。

更有甚者现在依然是鼠妇。

班主任也真是，说什么要去找翔。万起子愤慨地觉得既然都知道孩子在哪儿，还真好意思说出寻找的话。

尽管如此翔还是错了。就算是知道翔在哪儿，每次都出去找的话课也不得不中断，或者迟到。因为翔一个人，给全班的人添麻烦了，这是不争的事实。

万起子试着教育翔这样是不可以的。

"不仅是全班同学，妈妈的工作也会受影响。"

"嗯。"

"别嗯，答应妈妈以后不这样了。"

"嗯。"

"我说了别嗯。"万起子手叉腰上像是在恐吓。

"以后不做了。"翔闹情绪一样地说。很明显只是口头上答应不做了而已。

万起子心想，恐怕翔和班主任也有过这样的对话。翔刚刚的回答，恐怕也对班主任说过。万起子现在十分明白班主任那种想和这孩子的母亲抱怨抱怨的心情。

随着学年上升，离开教室的情况减少了，翔一如既往地是个问题儿童。听说他还是讨厌国语课，在国语课上就算被点名也一句话都不说。喜欢理科教室，经常泡在里面，还点火引起过小小的骚乱。虽然他极力主张自己不是在捣乱，是想做实验，但这个状况下已经坐实了翔是问题儿童了。万起子听说还有家长毫无顾忌地喊翔是放火犯。

正因如此，万起子每次出席家长会的时候都感到坐立不安。

班主任老师一报告完实际发生过这样的事情，万起子就感到全体家长的视线都集中在了自己身上。那种视线好像在说，果然是翔，果然是单亲家庭的孩子啊，怪不得。万起子灰心了，并不是因为这些没有说出来的话，而是因为自己的反应像是被这样说了一样，别别扭扭。讨厌这样的心情，从学校回家的路上不禁想，如果今天不来就好了。万起子也没有想到自己会成为这样的母亲。

今天又是家长会。学期开始和结束都会办一次家长会，万起子已经厌烦透了。

听到班主任男老师（升入三年级以后，班主任由女老师换成了男老师）一副严肃的表情说道，有孩子带刀具到学校并藏在桌子的抽屉里，万起子突然低下了头。

如果这事是翔做的，那班主任肯定会叫自己谈话的，所以这事肯定和翔没有关系。尽管如此，一发生什么问题就觉得是翔，这样的思维定式已经烙印在脑中了。

"但是说到底，这个孩子的家长，今天肯定没有出席吧。"

听到了下面有人窃窃私语。

万起子看向了声音发出的方向，不清楚是谁说的。妈妈们都好好地面向前方听老师说话。她们谁都没有向下低头，在万起子看来，她们都对自己做母亲这事很自信。真是游刃有余呢，她不禁如此腹诽。万起子又想起，说起来，她没有来。

她是指三年级的暑假前，在学校时不时碰过面的一位母亲。碰面那次是被叫到学校，首先想到的是估计这家的孩子和翔一样也是问题儿童吧。脑海掠过或许是霸凌问题的念头，但那位母亲的表情看起来并没有那么沉重。

后来，两个人见了面会打招呼。虽说是打招呼，也不过是擦肩而过时轻轻问候而已。不会交谈，也不会互相交换"真是辛苦了"的眼神。

她的头发没有染过，一直扎成一束，身上是牛仔裤或裙子，搭配衬衫或者毛衣，全都像是从大型批发市场买的。全身没有一件装饰类的物品。看着像是二十多岁不到二十五的样子。万起子推测孩子估计是她十六七岁生的。

"啊，那个是谷本的妈妈。"

翔这样告诉万起子，因为告诉了连妈妈也不知道的事情，翔脸上露出得意的神情。

"谷本?"

"第一学期结束的时候转学过来的。叫谷本美雨。美雨这两个字你知道怎么写吗?"

"不知道。"

"是美丽的雨哦。"

看上去很骄傲的样子。万起子心想，小孩子太好懂了。翔喜欢这个女孩，真是一目了然。

"嗯，是吗?"

"是的。"

"翔，喜欢那个女孩吧?"

"才不是呢。我只是觉得这个名字挺好的。美丽的雨，这个词很美不是吗?"

讨厌国语到死的翔,除了漫画什么书都不看的翔,居然觉得一个词很美。爱情果然能改变一个人,即使是小学三年级的问题儿童也一样。万起子心想,就算是为了给小女孩留下好印象,就不能多在教室里待一会儿吗?

"那个小朋友,是不是发生什么麻烦事了?"

"麻烦?"

"被老师叫过去好多次的话,是因为发生什么麻烦事了吧?"

"你好吵哦。"翔声音一下变得很不高兴,撂下这句话以后,像是要把门摔坏一样用力地关上了门。

"翔!"万起子大声喊道,从翔的房间里自然不会传来任何回应的声音。

美丽的雨吗?给小孩起美雨这个名字的人肯定是那个年轻的母亲。恐怕她也是单身妈妈,女儿恐怕出现了什么问题——想到这里,万起子的脑子里响起"看吧,就因为是单亲家庭"的声音,不自觉地摇了摇头。

家长会结束以后,万起子急忙赶回家。边快步疾走,边考虑回家以后要做的服饰搭配。

"万起子小姐，回来啦。"

回到家看到出门去归还衣服的助手村濑彩已经回来了。

村濑彩出身于服装专业学校，善于缝纫，手很巧。在工作现场对艺人和工作人员的照顾也恰到好处。对于二十二岁的女孩子来说已经很不错了，万起子认为。

"万起子小姐，要喝咖啡吗?"

"啊，好的，谢谢。"

"借用一下厨房哈。"

彩对别人的照顾和完美的礼仪教养让人感叹。之前的那个孩子，这种事都得手把手教，说再多次还是会忘记。万起子没教过彩这些。即使没教过，彩自然而然都会去做。也许是因为家教好，想到这里万起子心中嘀咕：家庭吗?

"说起来，万起子小姐。刚刚去还衣服的时候，Bloom Homme 有个叫岩下的男人让我跟您问好。"端着咖啡过来的彩报告说。

"岩下……哦哦。"

Bloom Homme 的衣服一件要好几十万，恐怕岩下不是去买衣服的，大概还是在哪里做造型师的助手吧。自那以

59

后，不管在电视台还是工作室都没碰过面，也没听过他的消息，万起子还以为他已经放弃做这行了呢。

岩下是万起子雇用过的唯一一个男性助手。跟他说了只要女性助手，他还是连续几天站在万起子公寓的门口等万起子，说他不管怎样都要跟着万起子学习做造型师，即使没报酬也没问题。万起子被他的热情打败，最终录用了他。

但是，还不到半年他就说要辞职。也不算是"说"，因为他是发邮件过来辞职的。在他之前也有人因为厌倦高强度的工作，或者本来憧憬的是华丽的时尚界，却因为造型师的工作与华丽无缘而辞职。可是，像这种没有常识的辞职方式从来没有谁做过。谁都是直接过来和万起子当面说，也遵守着规则，就算要离开，也一直做到继任者到位。

万起子回复了他的邮件。"这么重要的事情用邮件说算怎么回事"——以这句话开头的长长的邮件。虽然并不想写邮件，但是他不接电话，也没有其他办法。邮件几个来回下来，"逼人太紧了，万起子小姐。要求太多了。而且，工资只有五万块啊。五万，说实在的，跟不下去咯。"万起子看着邮件里那些曾经多次提醒过他绝对不能用的轻率的语气词，腹诽道"去死吧"，将手机撂在了沙发上。

说没报酬也没关系的这个男人见缝就钻，来要他最后那个月的工资。

万起子气得肠子都快搅成一团了，但也不愿意让人觉得她抠门，就让岩下自己来取。第二天，岩下没有丝毫不好意思地出现了。

"虽然跟万起子小姐不太合适，但你看我，有做造型师的潜力吗？"给了他日结工资以后，岩下厚颜无耻地问。

万起子心想你就算重生一百万回都不可能的，还是回答说："不好说，这取决于你自己吧？"

岩下恐怕误以为是在鼓励自己，很开心地回说："对啊，这取决于我自己！"

脑子不行。

我说岩下啊，我没跟你说过吗？万起子心里说。造型师这份工作，不是把好看的衣服借来穿上就行了的，不是打扮得时髦就行了的。要把那个人内在优秀的地方、美好的地方，做成可以让人看见的东西展现出来。可是谁要告诉你啊，白痴。

对着告别之后起身要走的岩下，万起子说："啊，岩下啊，如果你要继续在这行做的话，千万别说你在我这儿做过哈。"

"好嘞。我也觉得这样比较好。"

去死吧，再也不要出现在我面前——让万起子这样想过的那个人，岩下。

"说是做过助手。"彩说。

彩已经在给裤子缝裤脚了。不仅是缝纫，彩的其他手工活儿做得也很好。

"谁？给谁？"

"明知故问啊万起子小姐。岩下先生啊，给万起子小姐做过助手。"彩手上的活儿没停。

明明跟他说过别说出去。这人到底蠢到什么地步啊。

"哦。"万起子答，然后问，"所以，现在在做造型师？"

"好像是在做杂志专门的造型师的助手。不是给某个特定的人，说是给好几个杂志工作，工作得很活跃呢。一说曾经给万起子小姐做过助手，立马就用他了呢。"

竟然到处提我的名字，真的，这个蠢材没救了。而且听彩的话判断，岩下现在还是哪里有工作就去哪儿。明明那家伙现在也快三十了吧。

对啊，岩下也慢慢成了三十来岁的男人。嗯，岩下就算到了三十也不会有一点改变罢了。

"彩，如果谁要是问起你说岩下先生曾经是万起子小姐的助手的话，你就回答说只有三天。"

"唉，只有三天是吗？"彩睁大她那大大的眼睛，问。

"嗯，大概是那么回事。"万起子回答。

"彩，你手上的活儿结束的话告诉我一声吧，接着要开始搭配了。"

"好的，搭配两套对吧？"

"不，三天的都要做好。明天的录制结束以后要把那部分全部还回去。然后，预约的衣服也都要借过来。"万起子看着墙上的日程表说。

"好的，我明白了。"彩也看着日程表回答。

本周和下周的日程排得满满当当的。

"万起子小姐，这个花一样的圈圈是什么？"

明天的日期数字上圈出了一朵小花儿，是宁的生日。

"啊，是朋友的生日。很亲密的朋友。"

"唉——会办生日会吗？"

"不，生日会昨天办过了。"

"打铁要趁热。对吧?"彩说。

真老派啊。打铁要趁热，你到底几岁啊，万起子心想，然后就特别想问:

"彩，你觉得三十多岁的男人，怎么样?"

"三十多岁的男人啊?"彩沉吟了一下，回答说，"还是孩子吧。"

听了这句话，万起子打从心底笑了出来。

三　超级偶像

谷本美香讨厌学校。小时候就讨厌，现在二十九了，依然讨厌去学校。

即使如此，还是忍耐着上完了初中。本来没想去的高中也因为母亲的恳切要求升进去了。因为从来没在学习上上过心，进了一个偏差值①低到恐怖的高中。高中比初中更无聊。包括美香在内的学生们对学习完全没有兴趣，教师也都丧失了教学的气力，这样的学校不可能有意思。

美香在入学那年的秋天②就从高中退学了。除去暑期的话，高中生活不满四个月。虽然不仅仅是因为讨厌学校

---

① 偏差值：日本比较普遍的计算分数的方法。
② 日本学校的学年一般从春季 4 月份开始。

就退学的，但是办完退学手续跨出校门的那一刻，她开心得快要跳起来了。当时的感觉她现在还记得。

再也不用去学校了，美香开心地想。但是，那天的美香没有想到，现在她会这样频繁地来学校。但是，事情还是变成了这样。

中间隔着小孩上课用的桌子，美香对面坐着美雨的班主任老师。坐着的是儿童用的小小的椅子，椅子上垫着兼作防灾头巾用的坐垫。今天坐的椅子的坐垫上镶嵌着松鼠和郁金香的花纹。之前两回坐的椅子上的坐垫，是用印有漫画《航海王》人物图案的布缝制的。已经来过这个教室很多次了，美香却一次也没有坐过美雨的椅子。

班主任的话和上一次一模一样。就为了听完全一样的话，还得挤出时间赶过来，美香有点厌烦。班主任的话在美香的耳边渐行渐远。

好想早点回去，美香焦躁地开始巡视教室，在斜前方找到了美雨的坐垫。橙黄到近乎红的底色上印着很多狮子和熊还有小老鼠的卡通图案，是美雨在手工艺品店中装碎布的纸箱里挑的。美香没有缝纫机，手拿针线对着厚厚的布发了好一会儿愁，不过这样做出来的坐垫套两年半的时间里洗过很多次，既没有褪色，也没有变形走样。

"美雨妈妈。"

"啊，嗯。"美香转回视线到班主任身上。

"事情很麻烦。"班主任说，"美雨来到这个班也将近四个月了吧。但是，跟谁都不说话。虽然她也会回答早上好或者再见，但从来没看到她主动说过。只有谁叫她她才会回答。也没有关系好的朋友。我跟她说话，她也不会好好地回答。有时候会觉得她有点反抗意识。"

三年级的第一学期结束之后，美雨转学来到了位于涩谷区上原的这间小学。之前上的是足立区的小学。美雨以前是会高高兴兴去上学的孩子。那是转学之前不久发生的事情。

"美雨妈妈?"班主任说。要说什么的时候，班主任老师必然会叫她"美雨妈妈"。被比自己年龄大很多的男人这样喊，美香还完全没有适应。

"美雨妈妈，三年级是非常重要的学年。三年级要是能顺利度过的话，之后可以说都不会有什么问题了。您的孩子本来十分优秀，继续这样下去的话恐怕让人担心啊。"

这样说完之后，稍微间隔了一点时间，班主任老师又继续说，"您一个人抚养孩子的辛苦我们都理解，但是，就从每天一点一点地增加您陪伴孩子的时间开始，您觉得怎么样呢？"

工作之外所有的时间都在陪伴那个孩子。美香虽然想这么说，但还是保持了沉默。如果想让我增加陪伴孩子的时间的话，那就不要时不时地把我叫到学校来。因为这样既让我工作迟到，又让我回家太晚。虽然想这样说，但还是保持了沉默。美香想问为什么认为美雨不说话的原因在于母亲没有给予充分的爱，但还是保持了沉默。

什么都不想说。

也许他觉得母亲和女儿一样，都有反抗意识吧；也许觉得正因为母亲是这样，所以小孩才会那样吧。

片刻的沉默过后，老师叹了口气说："再看看情况再说吧。这种状况下，老师和家长要密切联络才行啊。"

这是每次面谈结束都会听到的话。

"非常感谢。"

美香站了起来，把椅子放回了原位。松鼠和郁金香隐藏到了桌子底下。

不是坏老师。和之前学校的班主任比起来，是个热心的好老师。虽然想这么认为，但站在母亲的立场上就相当于被人说你这个妈妈不行，美香气馁了。

离开教室的时候，美香见到了碰过几次面的那个家长。看来对方也是定期地被叫来学校。穿着虽然随意但看起来很贵的衣服，肩上背着普拉达或者蔻驰一类的包，身上散发着很好闻的香水的味道。就算是香水肯定也是很贵的香水。

碰到的时候互相会简单地打招呼，可每次都觉得对方在打量自己，美香讨厌这样的女人。本来要不是来学校的话，生活中根本不会出现这一类的女人。

美香出生成长于足立区岛根。从出生起就没有父亲，母亲做着需要上夜班的工作养大了美香。母女二人生活在一个古老的木造公寓，有一间六叠①大、铺着榻榻米的房间，另有一个三叠②大的厨房。榻榻米不知道是什么时候替换的，已经褪色了，脏污痕迹显眼，到处都是翘起来的绒毛，走起来袜子上会沾到细小的尘屑。

---

① 六叠：叠，日本常用面积单位。六叠，约 11 平方米。
② 三叠：约 5.5 平方米。

美香讨厌那个榻榻米，讨厌在那个榻榻米上平静地走、满不在乎地铺被褥睡觉的母亲，更讨厌时不时——而且是定期地——来找母亲的男人们。

所以美香高中退学以后，从和母亲生活的那个老旧公寓搬了出来，在绫濑开始了一个人的生活。她在一家大型超市里找到了兼职工作，这家超市以东京东部地区为中心开了很多家连锁店。在那里，最初交给她的是在鲜鱼卖场的后厨洗鱼，还有包装鱼块的工作。

工作结束以后，从超市步行十分钟走回不带浴室的公寓。公寓建成已有四十年。这栋在美香出生很久之前就存在的建筑，比和母亲生活的那栋还要古老。四叠半①左右铺着木地板的房间，在美香看起来却格外清洁，让美香十分开心，令人感到全新的人生即将开始。

美香认真地开始了工作。不是很热情、不说废话但麻利工作的十六岁女孩，很快就赢得了同事们的喜爱。

不断来往于超市和家之间，拼了命工作着，半年时间一眨眼就过去了。美香熟悉了工作，也熟悉了超市一起工

———————————

① 四叠半：约 7.45 平方米。

作的同事们。其中，她特别信任一位叫三上的老资格兼职工。三上工作认真、表里如一，做事比谁都要爽利。而且，事事都关心着高中退学又一个人生活的美香。

不知道什么时候起，美香脸上没有了以前常有的那种怒气冲冲的表情，渐渐现出属于十来岁少女的神情。

"美香是我们的偶像呢。"某天关店以后三上在工作人员休息室说。

"要说的话是超级偶像呢。"

说这话的是店长粕谷。好像是三十七还是三十八，属于创业一族，有传闻说他是庆应大学出身的。但是，看着他穿着超市廉价的蓝色制服上衣的身影，不停地剥着卷心菜最外侧的叶子，收拢散在四处的购物车，怎么看也想象不出来他是那样的人。

"小泉今日子吗?"和粕谷店长差不多年龄的主管深有同感地说。

"小泉今日子啊，只是一般的偶像吧。我们的美香可是超级偶像。"粕谷再次强调了一下。

"美香不认识吧? 偶像时期的小泉今日子。"主管问。

"我知道的。"美香回答，以前看过很多次那个时期的影像。

"可爱吧？我以前是她的粉丝。"粕谷说。

"小泉今日子现在也很可爱啊。"主管说。

粕谷和主管一起唱起了"因为是偶像……"这首歌。大叔二人组明明没有喝醉却互相搂着肩膀，摇晃着身体，摆着 V 字的手势。

听着耳熟的歌声，美香想，我辞不了职。不想辞职。不能辞职。绝对不辞职。因为这里，是我自己争取到的归宿。

来自三上的、粕谷的、主管的关心，让美香非常开心，开心到有点想要哭泣。

那天回家的路上，美香拎着装着贴了两重打折标签的盒装副食，低声哼着那首歌儿。

平时没有留心抬头看的夜空中浮着一轮绽放皎洁月光的圆月，美香想："今天是满月来着?"

自那以后过了半年，九月，美香从兼职员工升为了正式社员，是开始工作刚好一年以后。

接到升职任令并不是在工作人员休息室，而是在店长放着办公桌和会客家具的小房间。

递出任职令的时候，粕谷称呼美香为谷本小姐，以"顺便说一句"为开场白，问："美香，你想不想再去上学？"

美香一下紧张起来，虽然回答说"是"，但声音完全不是这么回事。

"不是，也是我多事了，你之前是上过一回高中对吧？"

"是的。"

"定时制学校也好函授也好，一边工作一边学习的方法有很多。"

"那个……"

"嗯？"

"不是高中毕业的话，就不能录用我吗？"

"哎？"

粕谷一瞬间没能回答，然后高声笑了出来，说："我以为你要说什么呢。已经录用你啦。

"不是那样，你退学肯定是有自己的原因，不过我觉得挺可惜的。一直到现在你可能都没有考虑这件事的余地，不过现在你已经习惯了这里的工作。另外最重要的是我觉得你完全可以兼顾的。"

粕谷这样告诉美香。

店长，我之前学校里的同学，几乎百分之九十九都不是什么好学生。我以前就从来没有喜欢过和学校沾点边儿的东西。为什么现在又提什么学校的事情呢？美香心里这样想，嘴上却回答说："我考虑看看。"

"嗯嗯，试试看吧，虽说不打算催你，不过如果有这个想法的话，那来年春天就挺好的。打铁要趁热嘛。"听了美香的回答，粕谷展颜微笑道。

"好的，谢谢您。"深深鞠躬以后美香离开了房间。

如果目前这样也不会被辞退的话，那肯定是不想去学校。一旦想起学校，就想起退过学的那间高中，想起再也不打算见到的母亲，想起那种生活，以及母亲的那些男人们，几乎想要呕吐。讨厌学校。

如果目前这样不行的话，等到必要的那个时候就选择函授课程吧。美香开始觉得，不用去学校就可以的话，认认真真开始学习感觉也不差。

但是，每次想和粕谷说这件事，都颇难说出口。一上班就各种事情，很难找到说这些话的时机，更重要的是之前有过顾虑。另外她也有些天真地在等粕谷主动再找她说这件事。

但自那之后，粕谷再也没有提过学校的事。到了四月，每天慌慌张张地过去，那年秋天，粕谷被调去了总公司，转去了那边工作。

店长换人了，日子一天一天过去，美香就忘记了学校的事儿。

让这样的美香再次想起这件事的是，一个住在同一个公寓、年纪一样大的大学生。事情是从某日二人在楼梯上碰面，他拘谨地邀请美香约会开始的。

第三次约会的时候，男孩带美香去了他在上的大学，连美香都听说过的有名的学校。

"很聪明啊。"美香这样说了之后，男孩回答说："也没有。"虽然说也没有，但看起来相当开心。

一起进法学部的大教室里，美香坐在拼命记笔记的男孩旁边，听着完全听不懂的课程。中午饭在学校食堂吃了鸡肉咖喱和沙拉。

这是和上了三年的初中以及转眼间就退学的高中完全不同的世界。至少，美香是这么觉得的。明明是和自己完全没有关系的地方，但面对着男孩，吃着咖喱，美香觉得自己也是这里的学生，不可思议地体会到了激昂的感受。

然后，经过无数次约会以后，二人经常往来对方的房间，开始了半同居的生活。

即使这样生活，男孩还是认真地在学习。男孩说："为了通过司法考试，必须要努力。"在男孩房间醒来的时候，美香看到过本来应该睡在身边的男孩，却在书桌前仅开着台灯学习。

美香开始暗暗地尊敬起这样的男孩。与此同时，美香想起来粕谷店长不知什么时候说过的话。美香想，开始学习吧。

但是，美香刚要着手这件事的时候，自己怀孕了。告诉男孩怀孕的事的时候，男孩明显一副为难的表情，并带着为难的表情沉默着。

过了多长时间啊。

"我记得我们小心做了措施的。"男孩说。

我们小心做了措施。男孩的话不断地在美香的脑中回响。

"你的意思是，这不是你的孩子，是吗？"

"不是，我不是这个意思。"

"那是什么意思？"

"什么什么意思，你想怎么样？"

"我想怎么样？"重复完这句话，美香回答说，"我要生下来。"

"生下来吗？"

男孩说这话的声音带着哭腔，美香现在都记得。美香也记得，自己对男孩只有一点的怒气也所剩无几，甚至有些怜悯他。让依靠父母生活的十九岁男孩成为父亲，觉得他可怜。美香能这样认为，一方面因为自己十六岁就一个人生活，可以谋生；另一方面是因为自己从小就是在没有父亲的环境下长大的。

"没关系的。"美香说。

"什么叫没关系？"男孩问。

"我是说什么责任一类的东西。我随我自己的意生。"

"随你自己的意吗？随意生下来的孩子会觉得好吗？"

小声嘟哝的这句话，因为小小的房间加上面对面坐着，听得很清楚。美香突然将紧紧握住的马克杯中的液体泼在了男孩脸上。那是不喜欢喝咖啡的男孩，经常给美香泡的

77

透明又散发着香气的上好红茶。茶早就已经变温了。

"挺过分的啊。"用掌心擦着脸上的红茶，男孩说。

"过分？到底谁过分？你的意思是让我别生呗。不是随意杀掉很可怜，而是随意生下来很可怜是吗？"

"我不是没那么说吗？"

"是啊，不是小孩会怎么想，是你不想要这个孩子吧。还是学生不想当什么父亲，还是学生不想结什么婚。理所当然吧，还得考司法考试。还想当律师对吧？压根就没想过要和连高中都没有正经上过的女人结婚。啊，难道说，你觉得我这是给你下套吗？啊，原来如此。不过，我告诉你，不是。"

一旦说出口就没办法停下，越说下去，越觉得自己说的就是事实。不仅如此，在自己激动地说这些的时候，男孩的心也慢慢远去了。这种事，显而易见——美香就像看见了什么不可思议的事情一样想。

那之后，两人又说了些什么呢？

这事不能不告诉父母，要回老家和父母聊一下。男孩表达了这样的想法，然后结束了这场面谈。

争论结束后的第三天，男孩说着要回老家告诉父母，然后离开了公寓。自那之后男孩就再也没有回过公寓。注意到男孩没有任何消息的时候，美香给男孩打了个电话，那个时候男孩的手机已经不通了。然后某天，美香下班回来的时候再看，男孩的房间已经搬空了。

跟当律师的父亲说被骗了吗，还是根本连说都没有说呢？硬要说的话，感觉是后者。他根本就没有和父母说的勇气。不管如何，都一样。不管是哪种情况，男孩都逃走了。

以前觉得他很聪明，不过也许他意外地很蠢也说不定。电话停掉，搬走离开就觉得能逃之夭夭吗？

男孩能简单地搬离公寓，但是能简单地离开大学吗？司法考试等着呢。将来光明的前程也等着呢。这些东西只要伸手他就能拿到。他是不可能在这种地方栽跟头的。男孩肯定是这么想的。所以，要抓住男孩的话很简单。仅仅听过一次的那堂课，只要在那个时间那个教室前面蹲守就可以了。

还是说，他轻视地觉得我肯定不会这么做吗？还是说，不管做了什么他都觉得不能算事儿吗？在小看我吗？

美香想起了男孩那经过多次洗涤已经变了形、但总是很干净的原色衬衫，还有那句"不舍得扔"的话。穿旧了的衬衫都不舍得扔，但是却可以轻易地抛弃怀了自己孩子的女人。一想到这里就后悔、难为情到不可自拔。到头来，后悔、难为情的，不是男孩，而是自己。

啊，但是无所谓。那样的事也好、这样的事也好，那个男孩也好，统统无所谓。他不在了反而轻松痛快，美香觉得。也许是不服输，但是，就算是不服输也得看是什么事。

美香没有哭，眼里也没有含过泪水。美香自小养成的习惯就是怎么可能因为这种事情哭。

时不时地会袭来今后不知会怎样的不安。像是将肿得不成样子的双脚泡在热水里轻揉的时候，或者身体疲惫地倒在床上的时候。这种时候只是静静地待着，等待不安散去。

穿着衣服的时候还不太明显，但裸着身体看着鼓出来的小腹的时候，不可思议地，不安彻底消失了。男孩逃跑的事也不觉得是自己的失败了，反而觉得太好了。这个孩子是我的孩子，我自己一个人的孩子。这样想着，美香从内心深处涌出澎湃的欢喜。

趁着还能动，美香想搬家。现在住的公寓是只租给单身的人的，另外为了小孩也得住到有浴室的房子里。因为从来没有奢侈过，这些钱还是存下来了。找到的和之前一样都是老房子，不过美香觉得只要有小小的厨房和浴室，以及榻榻米是新替换过的就足够了。

虽说还是未成年①，但有稳定的工作，支付房租的经济能力还是有的。生产之后有段时间不能工作，就算那段时间没有收入，维持那段时间生活的储蓄起码还是有的。所以，美香想，搬家这件事应该没有问题。

但是，公寓的管理公司要美香找保证人。美香考虑后的结果——实际也没有什么考虑的余地——她把怀孕的事、为了即将出生的小孩想要搬的事、房子已经找好了的事，以及需要保证人的事都和兼职员工三上说了。

"我知道了，美香。"三上一口应允。给了三上中介公司提供的文件以后，第二天她就把在保证人栏里签了丈夫名字的文件还给了美香。

怀孕的事越来越明显，就算新店长再怎么骂自己，就

---

① 日本法律规定二十岁成年。

算听到背后有人说坏话，美香还是用平静的表情继续工作。忍受不了的时候，就在心里说"去死"。说完"去死"，美香的心里会好受很多。

正式社员的身份，给了自己和自己肚子里的孩子多大的保护啊，美香切身体会到了。如果不是正式社员的话，早就已经被体面地开除了吧。就算现在不被开除，也不可能妄想着什么产后回来继续工作。

"美香你是正式社员，堂堂正正地请产假也可以。生下来要告诉我，我想看看小宝宝。"下班以后三上在工作人员休息室这样说着，笑了。满含关怀的笑颜。

"是啊，美香是超级偶像，要一直在这工作哟。"正好在休息的主管说。他以前休息的时候一直在这里美美地抽七星牌香烟，但现在正在喝茶。美香觉得，他这是为了我。

但是，到了现在这个地步还说什么超级偶像。在这个屋子里，粕谷店长和主管唱小泉今日子的歌儿的那天，美香如今已经觉得恍如隔世了。

"就算怀了小孩也是吗？"美香笑着问。

"怀了小孩啊……"主管感慨颇深地说道。

"怀了小孩。"美香回答说。

"我家也有小孩哦。"三上说。

"我知道。三上一看就是家里有小孩的。"

"很伤人唉。"虽然这样说，三上看起来很开心。

"唉美香啊，如果实在不好过的话，一定要和我说。"

"没事的，我有魔法咒语。"美香回答。

"那是什么?"

"我知道哦。是'去死'对不对。"三上微笑着说。

"骗人吧!"主管和美香异口同声道。

"我暴露了?"

"没暴露、没暴露。那么小的声音不可能听得见。而且那一位那么迟钝，不可能注意到的。"

"是啊，要是注意到的话，不可能放过我的。啊但是，我居然说出声了吗，不敢相信。"

"不敢相信的是我才对吧。女人真恐怖啊。"主管挠着头皮说，眼中带笑。然后紧跟着说"我也"。

"我也学你们吧，说那句话。"

美香想，主管大概也厌烦透了现在的店长。并且恐怕，三上也是。

"说吧。现在，大家一起。"美香这样一说，主管接着也说："说吧，大家一起。"然后三上也说："说吧，说吧。"

主管带头喊："一、二——"

"去死吧！"三个人一起叫道。

说完以后三个人一起大笑，笑声充满了整个工作人员休息室。

六月一个下雨的日子，美香生下一个小宝宝。

梅雨季节刚刚开始，淅淅沥沥的小雨第二天、第三天持续下着。雨的味道好像要浸透这紧闭门窗的房间。除了抱着孩子喂奶的时候，美香都呆呆地看着沿着病房的窗户滑下来的雨水度过。

美雨这个名字，是在住院期间只想着孩子和雨的美香取的。抱着孩子，美香不断地喊着"美雨"。

两个月后，要是列举店长说的回去上班的美香的难听话真是数不尽数。谁都忙得脚不沾地的时候居然想学人家大企业申请产假。"去死吧。"之前的工作人员全都自觉辞职了。"去死吧。"给自己排的全是早班你以为你是谁啊。"去死吧。"不管什么时候美香都是在心里说一连串的"去死吧"，然后嘴上说："对不起，因为我们家只有母女二人。"店长就四处骂美香厚脸皮。

怎么说都可以。怎么想也都可以。不管被怎么说被怎么想，我都不会辞职的。不可能辞职的。美雨还小的这段时间夜班就不去上了，这样的自己也许确实是太厚脸皮了。但是，美香不可能成为自己的母亲那样的母亲，也不能让美雨成为像自己一样的女儿。为了这点，厚脸皮也是必要的，再怎么厚脸皮都可以。美香是这样想着活下来的。

美香不是只会厚脸皮。美香收银比谁都迅速正确，而且收银结束的时候顾客的购物篮里商品整理得整整齐齐非常漂亮。不仅如此，美香贪婪地汲取关于商品的知识，不管什么样的客人的什么样的问题，美香都能正确地回答上来。换句话说，美香成了三上那样辞职的话公司会困扰的员工。

和自己差不多大的女孩都打扮得漂漂亮亮，逛街游玩，这些美香都不在乎。只要和美雨在一起美香就很幸福，美雨如果和自己一样想的话，那这个世界上就再也没有什么其他值得追求的了。

母女二人的生活算不上宽裕，但是房间里一直干净整洁，充满着明亮，满溢着幸福。

美香用几个牛奶盒子做了小小的沙发和桌子，用蓝色的碎布料做了套子。超市里卖剩下要做废弃物处理的鲜花，美香也会挑其中比较新鲜可爱的，插到小小的空瓶里，装饰到窗台上。

女儿节的时候会装饰千代纸做的女儿节人偶，七夕会装饰竹叶，十五的夜里会买来团子和茅草装饰。立春的前一天会撒豆，戴上鬼面具。不论哪一个，都是幼年的美香没有体验过的。为了美雨高兴，为了美雨自己做到了这些，美香很开心。

美雨成长为开朗的孩子。

美雨最初问父亲的事情，是四岁的时候。美香把事先准备好的说辞告诉给了美雨。

"美雨的爸爸啊，在答应妈妈要结婚之后，因为交通事故过世了。"

"爸爸，死掉了吗？真的吗？"美雨问。

"真的，然后妈妈就变成了一个人。不过妈妈很快就意识到不是了。因为妈妈知道肚子里有了小美雨。所以妈妈啊，一点也不孤单。"

"因为有美雨吗？"

"是啊。美雨没有爸爸的话会孤单吗?"美香问。

"美雨也不孤单。因为有妈妈呀。但是,爸爸好可怜。都见不到妈妈和美雨。"美雨回答。

之后过了两天,美雨说想要看看爸爸的照片。

美雨的父亲的照片。美香在知道男孩离开自己的时候,把二人一起拍的照片都收拾到了储物盒里,现在也原样放在那里。没能扔掉是因为自己还有留恋吗?还是,为了如今这样的一天呢?美香不懂,但她明白的是,现在还太早了。现在不是告诉美雨她父亲的长相的时候。

美香想让美雨再长大一点再认识父亲的长相。到忙于过自己的生活,幸福到没有那么想要了解父亲长相的时候,那样的时候再告诉她。

"对不起,美雨。"美香说,"没有爸爸的照片。爸爸每天忙着学习,妈妈也忙着工作,没有想到要一起拍照片。"

"真的吗?"美雨用怀疑的目光望向美香。

"真的。如果爸爸不是像那样突然就走了,就能和妈妈、美雨三个人一起拍照片了。"

听美香这样说,美雨轻轻点头,然后要求说:"那,画一张爸爸的画像吧。"

在美雨的绘画本上，美香用蜡笔开始画美雨父亲的画像。绘画本上，有很多美雨央求美香画的面包超人。

给美雨画完面包超人的时候，美雨开心地说："妈妈，你画儿画得真棒。"但美香只是会画由圆圈和曲线构成的面包超人的脸而已。如果画面包超人披着披风的背影，美香就束手无策了。美香边画边想，美雨什么时候才能意识到妈妈画儿画得不怎么样呢。这一刻终于到来了。

"妈妈，你这样画我根本不知道爸爸长什么样啊。"美雨大声说。

"真的，完全看不出来。画得好糟糕啊，这个。"美香说着笑了出来，美雨也被带笑了。

笑完以后，美香对美雨说起了她爸爸的事情。说到美雨没听过的词儿或者理解不了的事情的时候，美雨会提问。

"美雨的爸爸，上的是有名的大学哦。"

"大学是什么?"

"美雨从保育园毕业以后，会上小学对吧?"

"什么时候?"

"过两年。然后小学结束以后升中学。中学结束以后升高中。高中结束以后就要上大学了。但是，必须要上的就到中学，高中和大学是想要继续学习的人上的。"

"嗯，爸爸喜欢学习吗?"

听美雨这么问，深夜，面向书桌的背影在记忆中苏醒。

"是啊，他总是学习到深夜。"

"学习什么?"

"法律。"

"法律是什么?"

"应该这样做、不应该那样做的约定吧。"

"爸爸学的是教小孩吗?"

"嗯? 为什么这么问?"

"因为，大人们都知道的吧，应该做什么、不应该做什么。班里的小悠一直都被老师骂，说，小悠，不应该那样做什么的。那是因为小悠是小孩儿对不对。美雨有时候也会被妈妈骂。"

"美雨说得对。不过大人里面也有不明白的人。"

这孩子很聪明，美香很高兴，为孩子感到骄傲。我自己连高中都没有毕业，天生与学习无缘，但这孩子肯定不一样。也许聪明这一点是随了父亲。

美香想起了自己的母亲。美香这是离开家以后第一次想起母亲。之前不经意间想起过很多次，因为意料不到的契机记忆会控制不住地苏醒。但每次美香都会腹诽：那样的女人，根本不要想她。

但是这次不一样。美香自发地想起了母亲。

那个女人很没用。不管是生活方式还是对男人都是吊儿郎当的。交往的男人们也尽是些败类。说起来也理所当然。正经男人怎么会和母亲那样的人有关系。虽然不知道父亲是哪里的什么人，左不过也是个败类。虽然这么想，但美香还是无法割舍掉父亲是个正经人的想法。

美香这个时候意识到，自己会这么想，不是因为别的，正是托了母亲的福。

母亲一次也没有在自己面前说过父亲的坏话，也没有抱怨过。虽然就美香所认知的母亲来说，真相肯定是因为母亲只想着正在交往的男人，根本没有时间想起已经分开的男人。

最开始想要知道父亲的事是什么时候呢？跟现在的美雨应该一样大吧。但是与美雨不同，美香没有问母亲关于父亲的事。只是，在自己的脑中、心中想。

到了小学高年级的时候，美香的心里对于从未谋面的父亲已经有了很具体的形象。美香在心中做了一个理想的父亲形象。他不是世间一般标准的理想父亲，而是对美香来说，说起来是美香定制的父亲形象。

他有着和美香相似的脸。美香很庆幸自己和母亲长得一点都不像。虽然不是那么高，但因为在小小的工厂做体力活，所以体格敦实。性格沉稳，认真工作。

为什么这样诚实的男人会扔下母亲和我，装作不认识呢？那是因为，不是男人离开，而是母亲扔下了这个男人，连腹中已经有了新的生命都没有注意到。

每次看到散漫的母亲，美香想象中的父亲就会越发认真、正派。不仅如此，这个父亲的存在，成为美香生活方式的规范。

"妈妈，你觉得难过吗？"美雨突然问。

"不会啊，没有这种事。为什么这么问？"

"因为美雨问到了爸爸的事情。"

美香抱起美雨，约定说今后会告诉美雨更多关于爸爸的事。

自那之后，美雨几乎每天都会问起父亲。二人的对话

虽然每天重复同样的内容，但美雨没有丝毫不满意。别说
不满意了，不如说同样的内容越听美雨反而越高兴。就像
喜欢的歌儿不管怎么反复听、反复唱都不会厌烦一样。

　　自从将不知道在何处活着的男人说成死人以后，美香
觉得家里好像能感觉到死人的气息。不过完全没有什么瘆
人或者恐怖的感觉，反倒是安心的感觉更胜一筹。就像美
雨的父亲真的遭遇了不测，他的灵魂一直在二人的身边
一样。

　　这样的想法，美香没有说出来告诉美雨，但是，美雨
却说："爸爸一直在我们身边，一直守护着妈妈和美雨。"
让美香吓了一跳。

　　第三年的春天，美雨升入了小学。开朗爽快、脑子转
得又快的美雨很快就交到了朋友，看起来非常享受学校
生活。

　　围绕着美香的生活全部都变得顺利起来。那个讨人厌
的店长调到了别的店铺，主管就任了店长。也许是因为主
管磊落坦荡的性格，店里也没有谁在背后说谁坏话的事
情了。

美雨升三年级以后，美香开始每天加一两个小时班。这种时候就会放弃做晚饭，买一些店里的副食品，急急忙忙赶回家。美雨会煮上米饭，做会儿作业，画会儿画，或者看看电视等着美香。

　　美雨懂事到会对气喘吁吁赶到家的美香说"不这么着急赶回来也没关系的"，或者"着急忙慌地受伤就不好了"这样的话。

　　那个时候美香以为母女二人的生活，会一直像这样顺利地进行下去。

　　但是，美雨三年级的某一天，状况突然完全改变了。

　　那是美雨过完生日两天后的事情。那天，加班回来的美香走到家附近，注意到了家里的灯没有打开。美雨还没有回来吗？已经七点了。心中不安，美香快步跨上公寓楼梯，一口气跑到了家里。

　　"美雨，在家吗？美雨？"

　　没有人回答。这样的情况是第一次。这个时间美雨竟然不在家。心脏怦怦跳。颤抖的手打开了电灯，相通的两个房间一下亮起来，美香看见了蜷缩成一团坐在里屋角落的美雨。

"在那里做什么呢？在的话要回答一声啊。"

不安一下子散去，美香的声音不自觉变得粗暴。但不管美香怎么发怒，美雨还是一动不动。

"快过来，吃饭了。"

美雨还是没有要动一下的意思。

"美雨。"美香大声喊。

"不需要。"美雨用几乎听不清楚的声音说。

自那天起，美雨就不怎么开口说话了。不管问多少次到底发生了什么，美雨都只回答说没什么。没什么的话那你说话啊。美香明白斥责没有用之后，连哄带骗哄着美雨说话，但美雨再也没有回到以前开朗活泼的样子。

是不是被霸凌了？美香去找了班主任老师。班主任觉得美雨的变化也有可能是被霸凌引起的。

"但是，不管怎么注意观察，都没有看到一点被霸凌的迹象。这点绝对不会错。她在家里有没有什么异常的地方呢？比如说被严厉地斥责啊，或者对美雨来说特别具有打击性的事情。"班主任说。

要是有那样的事的话我就不会来找你了，美香想。

"早上出门的时候还像往常一样，晚上回来就完全变了一个人。"美香这么一说，班主任面带难色沉默了。

到最后，也没有什么说得上来的结论，美香听完班主任说以后会更加注意的一类的话之后就回去了。

但是两个星期以后、三个星期以后，美雨还是没有任何改善的迹象。

在学校，美雨也没有做什么问题行为，认真地上课、被点名的话正确地回答问题。每个单元结束以后的小测验也几乎都拿满分，也没有讨厌去上学。

就像班主任说的，问题不在学校，而是在家庭，也就是说问题在自己，美香忧虑地想。以往美香也经常愧疚于没有给美雨很好的教育。美雨的变化让美香的愧疚更深了。就算打算倾尽自己的爱、竭尽全力去养育美雨，因为自己是在没有父母之爱的环境下长大的，所以就不可能做到吗？自己做错了吗？

有时为了讨美雨欢心战战兢兢，有时语气强硬催逼强迫，有时又装作若无其事，美香也觉得自己毫无一贯性，但还是只看着美雨的脸色过了下去。

在这样每天进退维谷的时候，前店长粕谷来问她关于调动的意见。

"你觉得怎么样，美香？"

在工作人员休息室，时隔十年——美香不禁感叹，都已经过了这么多年了——见到了已经是总公司常务的粕谷。比起常务的头衔，美香更吃惊于粕谷穿着深藏青色西服、打着领带非常合适。美香认识的粕谷，一直都是穿着蓝色的罩衣，剥着卷心菜，或者分拣胡萝卜，或者人手不足的时候帮忙收银，一直都是这样的形象。

"为什么是我呢？"

"你在公司的出色表现我都听说了，看起来有努力学习过。"粕谷对困惑不解的美香说，"上原的店铺计划全面升级，想让你过去帮帮忙。"让美香更困惑了，"上班时间和上班形式可以再考虑。虽然工作任务更重了，但是不会让你一直加班到很晚的。"

"不知道您知不知道，那个……"

"当然知道了。你也不通知我一声，我还想你这家伙太冷漠了呢。也是，你大概都已经把我忘了吧。"

"不好意思，不是那样……"

“不是?”

“那个，不是不是，那个……”

“开玩笑啦开玩笑，我没介意。工作的事，你考虑一下。虽说如此，也不是可以慢慢考虑的事情。实际上，业务命令规定明天就得下达正式通知了。”

美香在考虑美雨。跟美雨说要搬家，然后她要转到新小学的话，她会是什么反应呢? 会抵抗吗，还是完全没有反应呢? 不管怎么样，都比维持现状要好。

“店长，啊不是，粕谷常务。”

“叫我粕谷就可以了。”粕谷笑着说。

“粕谷先生，我的工资能支撑我的生活吗?”

“嗯?”

“那边的话，比这里要贵吧，房租也高，物价也是。”

“啊，这个啊。没问题，会给你房租差额以上的工资的。”

“谢谢，那就这么定了吧。”美香深深行了一个礼。

就这样美香和美雨搬到了涉谷区上原来。虽然没有乐观到觉得环境改变美雨就能回到原来那样，但确实抱着淡淡的期待。结果对着毫无变化的美雨，美香灰心了。

更火上浇油的是，新的班主任认为美雨出现了对抗的态度，而且认为美雨这种态度，问题在于家庭环境，认为是因为没有得到母亲充分的爱护，这让美香身心俱疲。

下午在超市，美香一边整理着自己绝对不会买的高价罐装红茶，一边想着面谈时班主任的话。

"不好意思，请问有玛黑兄弟红茶吗?"

"是的，有的。"

这样回答完转身一看，美香和客人都发出了"啊"的一声。是放学以后偶尔会在学校见到的同学家长。美香的"啊"旋即变成了"啊啊"。啊啊果然，这个人是会在这种超市买这种红茶的。

美香递给了她指定牌子的红茶，正要转身继续工作，"是谷本小姐吧?"再次被搭话。

"是的。"有些惊讶于再次被搭话，更惊讶的是她叫了自己的名字。但是最惊讶的是，这之后事情的发展。

"下次，我们一起吃顿饭吧? 啊，我叫西岛。"

"啊，是，不过，放着小孩不管出门有点……"

美香犹豫了。在绫濑的小学的时候，美香就没有参加过母亲们的晚上的聚会。更别说在这个还没有熟悉的小学，连邀请都没有收到过。

"不、不，小美雨也一起。"自称西岛的母亲说，闻得到和以前一样的香水味。

"但是美雨……"

"啊对，不喜欢来小男孩的家对吧。而且，我们家的是问题儿童。"

"不是，不是这个问题。"

想要赶快结束对话继续工作。也不是说因为这个就随便给了答复，但是反应过来的时候，自己已经答应人家了。

上原的小学三年级十月份结束的时候有一堂移动教室课。就是下下周。

"对啊，就那个时候吧。超市的工作结束以后到我家吃饭吧?"她说。然后就这样决定了。

制服口袋里的名片上，在名字的上面印着小小的 stylist。完全是不同世界的人。和这样的人不可能聊得来。以前不管什么样的邀请都坚决拒绝了，这次不知道为什么就答应了，美香自己也很惊讶。

四　爱恋

　　西麻布十字路口往南，第三个路口左转第五家，这栋楼除了一层是花店，其他全都是饮食店。四层是大泽崇子的店"大泽"。

　　吧台座位加上一个单间，十个人的话就满座了，小小的店铺只接受预约。崇子开始经营这样一家店，是三年前春天的事情。那之前是将在自己家做好的食物带到外烩场地去，或者是被叫去在别人家的厨房展示厨艺。再之前，是家庭主妇，有两个孩子，一个男孩一个女孩。虽说是孩子其实都已经成年了。长男太郎二十六岁，大学一毕业就自己一个人住，在广告代理店工作。长女华二十二岁，在短期大学学习幼儿教育，又学习了一年儿童心理，今年春天刚成为幼稚园老师。

崇子的丈夫，大泽圭吾，结婚十五年后的五月末，在医院躺了仅仅两周，就过世了。是胰脏癌晚期。

崇子现在住在涉谷区上原的一间三室一厅的公寓，和女儿生活在一起。

开始外烩的工作前，崇子从来没有工作过，连学生时期都没有打过工。不，仅仅有过一次，顶替朋友去电视台打过一次工。工作内容是将美术节目要用的画从华丽的画集上用美工刀裁切下来，这点工作花了好几个小时，然后拿到了相当丰厚的打工费。

之后成为崇子丈夫的大泽，是那个节目的责任导演，所以崇子打工的那点时间，得到的不仅仅是优厚的报酬，当然崇子自己当时也没有想到。第二个星期，回去打工的那个朋友告诉崇子："大泽先生怎么都想再见你一面，你去见一下吧。"那个时候，崇子都没有立马想起这个大泽先生是哪位。

尽管是大泽单方面先开始的恋爱，到了崇子毕业的时候二人已经发展到要择婚期的地步了。这之后不管遇到多少女人，对自己来说再也不会有崇子这样的女人了，大泽是打从心底这么想。所以他说,要赶紧抓到手里。

大泽曾经这么想过的事情,是小泽正志在大泽的婚礼上作为二人的最棒的插曲说出来的,小泽是与大泽同期进入公司的同事。大的泽和小的泽,拥有这样名字的两个人在新人培训期间就奇妙地很合得来,双方都感觉到这个男人会成为自己一辈子的朋友。因为大泽的过早去世,这段时间说起来很短,但是对双方来说,对方都是自己一辈子最重要的朋友。

话说回来,大泽希望崇子结婚后能专心照顾家庭,所以崇子毕业以后也没有找工作,在那个春天办完婚礼以后直接成为家庭主妇。当时是男女雇用机会均等法①施行的两年前。不过,不管这个法律是不是施行,崇子的选择都不会变。进入企业工作什么的,崇子无论如何都无法想象。

在同班同学都拼了命在适应新工作的时候,崇子在慢慢花时间整理家里、上料理学校学习料理的基础知识,踏踏实实地在提升自己的手艺。

虽然之前给崇子充分展示自己厨艺的机会只有假期,

---

① 1986 年施行。

但一直以来都不吃早饭的大泽也开始尽量在家里吃早餐了。特别是用海带与大量鲣鱼干熬制的高汤煮的味噌汤，不管早上时间多么紧张，还是宿醉的第二天早上，大泽都肯定会喝它。大泽会哧溜溜出声喝完最后一口，崇子每次看到大泽吃饭的样子，都会感到无比的满足。

大泽和小泽的休息日赶在一起的话，大泽会叫小泽到家里，三个人一起吃崇子做的料理。小泽会在约定好的时间前提前几个小时打电话，问崇子当天的料理菜单，然后选择相应的酒作为伴手礼带过来。

每次夫妇二人的生活中加入小泽的话，崇子就会想起小时候自己跟在大三岁的哥哥身后玩耍的情景。大泽和小泽觥筹交错、热切交谈（内容的顺序必定是从运动、政治，到工作）的样子，也和小学生的男孩子凑在一起讨论什么恶作剧一样。大泽称呼崇子为崇子，小泽叫她小崇这样的称呼方式，也和以前哥哥以及哥哥的朋友喊自己一样。

有一次，大泽手下那些年轻的职员们也来了。

每次有新进职员的时候，像在自己家客厅里一样放松的小泽就会说起那个最棒的插曲。年轻的职员们一会儿欢呼"呀——"，一会儿起哄叫"喔哦——"。喊"呀——"

的是女人们，喊"喔哦——"的是男人们。然后不论男女都像看着什么耀眼的东西一样，先看看大泽，然后又看着崇子。

就这样，"大泽家的晚饭"评价越来越高。除了崇子两次生产前后的那段时间，"大泽家的晚饭"一直没有间断地持续到了大泽死之前。

知道大泽逝去消息的人都觉得，大泽那么着急结婚，不在外面喝酒，而把朋友和伙伴们叫到家里，再少的时间也尽可能地要和崇子一起度过，也许正是因为有这样的结局在等待着自己。

"我等着，你慢慢过来。"

入院的第三天，大泽喊崇子来散步时曾说。在医院的中庭，与高高的大泽并排慢慢散步时，崇子没有看大泽的脸，自己轻轻点头。

刚下完雨，树叶绽放出新绿，很美的一天。照叶树①正如其名，映照着太阳，树下的草释放出年轻生命的味道。为什么，崇子想。明明草都是这样，为什么圭吾必须要死

————————————

① 照叶树：亚热带常绿阔叶树。

呢。明明一点坏事都没有做过。明明才只有四十五岁。

握着大泽的手，丝毫没有变化的有力的手。这个身体，大泽圭吾这个人，我的丈夫，马上就要从这个世界消失了，崇子无法接受这样的事情发生。

但是，日复一日，躺在医院病床上的大泽越来越像一个病人了。看着睡着的大泽，崇子害怕丈夫就这样去了那个世界，心脏就像被紧紧揪住、快要碎掉一样痛。

"想和你一起走。"

在床头埋着脸颊小声说出的这句话，居然传到了大泽的耳朵里，简直不可思议。

"不行的。"大泽沉稳的声音说。

"嗯?"

"我才不会带你走。但是，我会等你的。所以，慢慢过来。"

大泽重复了十天前同样的话。

"不要，我马上就去。你那么性急。"崇子回答。

然后大泽说他在拍纪录片的时候曾经听印度的高僧说过，这边的十年只是那边的数分钟。"所以崇子你即使五十年以后再来，我也没有等很长时间。"

"五十年什么的，才不会活那么久。"

好似在笑，又好似生气绷着脸，崇子用尽全力面对着大泽。

"只是打比方啦，不过五十年以后的话，崇子完完全全是老奶奶啦。"大泽发出轻轻的笑声。

"你啊，真坏。"这样回答道，崇子也笑给他看。

这是夫妇二人最后的对话。到最后大泽也没有说出"孩子们就拜托你了"。

留下中学生和小学生的两个孩子就这么走了，心里不可能不惦记。是觉得崇子一定没问题吗，还是说让崇子一个人背负一切于心不安呢？恐怕两者都有，崇子一直是这么认为的。在太郎决定搬家兼庆祝独立的饭桌上，崇子才明白不是这样。

"爹告诉过我，说，妈妈和华就交给你保护了，因为你已经是个男子汉了。"

"唉，是这样。"华将腌花椰菜送进口中，放下手，说。

原来是太郎，崇子想。十三岁的太郎是以什么样的心情听这番话的呢。可是，崇子十分明白大泽没有告诉崇子，而是告诉太郎的心理。

太郎是个优柔寡断的孩子，即使是被轻微斥责也会眼中含泪，或者是看到悲伤的场面也是。比起太郎，其实华的性格更为坚强。于是，大泽告诉他，你要保护妈妈和妹妹。看着太郎因喝酒泛红的脸颊，崇子在心里对大泽说：他已经到了可以喝酒的年纪了，你担心的那个胆小的孩子已经不见了。太郎不管是心理还是身体都已经变得很强壮了，崇子默默报告。

"对啊，我都服了，真是的。"

太郎没有注意到崇子的视线，继续在和华说话。

"但是哥，不好意思，我，完全没有你保护过我的实感呢。"

"那个时候啊。"

"什么时候？"

"就是那个时候——蟑螂！哦，看错了。"

"你这个骗子……"

"我真的以为是蟑螂。"

"骗人。"

"是骗你的。"

"好了好了，都别闹了。"

崇子出声责备以后，兄妹两个人相视一眼，做了个鬼脸。这么看还像是小孩一样，但已经不是小孩了，两个人都不是了。

"虽然说是保护，也不是说就让我别上高中出去工作，老爹是这么说的。所以……嗨，算了。"

"什么啊，哥，说呀。"

"不说了，我这都说了些什么。总而言之，没过多久老妈就开始做外烩的工作了。哎呀一个人也能活下去，变成了这种。"

"不是挺好的吗。"

"嗯，挺好的。老妈和你精神都蛮强的。"

"反倒是哥哥你比较弱一点。"

崇子微笑着看着兄妹俩拌嘴，油然而生能走到现在颇为不易的想法。不过，能走到现在，多亏了大泽留下来的东西。包括不为眼前的生活发愁的经济上的余地，一直若无其事地帮助母子三人的小泽，还有更重要的，这两个孩子。崇子想，自己离开学校就立马结了婚，一点社会经验都没有，也就是说不管是经济能力还是社会性都为零的自己，不管少了哪一样，都不可能走到现在。

当时，虽说不为眼前的生活发愁，但考虑到以后，不能说一点担心都没有。晚上睡不着的时候，白天一个人待着的时候，崇子不由得考虑，在小孩上学的时间段，必须做点什么，更重要的是自己能做到什么，然后总归得找到全职的工作。但是实际上，一直没有下"就这么办吧、要这么做"之类的决定。看着夹在报纸中的招聘广告，尽管想着试着工作看看吧，但一直没有到行动这步。脑子里这样那样想了很多，但是崇子完全没有要认真工作的干劲，也没有再不工作就不行了的那种到了最后关头的感觉，说白了没有了生活下去的力气本身。

给这样的崇子介绍工作的是小泽。那是大泽一周年忌日的法事结束之后的事。那天，小泽把崇子和孩子们送到上原的公寓后，要继续坐同一辆出租车回去，结果被华拉住了："叔叔也一起，不然的话华就不下车。"就这样一直耍小孩儿脾气软磨硬泡。

华从小就和小泽很亲近。

现在仍然如此。华上大学以后，小泽也经常带着华，去一些一般学生不太能进得去的店请华吃饭。就在前几天，华刚得意地和崇子报告说，一起逛银座的时候，与小泽的熟人不期而遇，"小泽大叔，喂，今天带的这位可真年轻啊。被人这样说了哟。"

"那叔叔就待一会儿吧，正好和小崇也有话要谈。"这样说着，小泽下了车。陪华玩了一会儿以后，告诉了崇子那件事。

"小崇，你想不想把大泽家的晚餐再做起来呢？"

崇子猜测不到小泽的真意，脑中浮现了大泽曾经带回来的那些年轻的职员们。难道小泽打算由他把他们带过来吗？但是，即使是小泽，这也不是可以答应的事情。"明明大泽都不在了？"崇子的声音听起来像在责备小泽，华一脸担心地看向崇子。

"不是，不是。不是在这里做饭给他们吃，我是说你把这个作为工作怎么样呢？"

"工作？"

"嗯，用小崇的菜做生意。"

"这不可能，我这只是家常菜而已。"

"不是什么只是家常菜，我已经打听过了。不是，我说实话吧，我已经答应人家了，所以你可别拒绝了。"

小泽说是在熟人公司的开幕宴会上，答应了人要请崇子来做外烩。那个熟人听说过"大泽家的晚餐"，一直想要品尝一下。

　　做不到的。试试看吧。不行。就一次就好。这样的对话不断重复，终于败给小泽的顽强坚持，崇子答应了。

　　那个时候，崇子毫不怀疑地相信了小泽的话。但后来回想起来，浮现出来另一种可能性。那就是，小泽强迫要办公司开幕宴会的朋友承诺用崇子做的料理，然后说成是好像自己为难地接受了委托一样。崇子越想，越觉得这才是真相。

　　不管什么时候都可以去死。能死掉就好了。这样想的时候，不可思议地想不起两个孩子。即便如此没有去死的原因，不是因为看到了太郎和华所以打消了念头，不是这么伟大的理由，只是没有死而已。虽然谁都不知道，但自己没有欺骗自己这点，自己越来越讨厌自己。

　　小泽将这样的崇子，像是死了一样活着的崇子，好像马上就要掉入那个世界的崇子，用那样的方式救了出来。而那时谁也没有意识到这点。

　　公司开幕宴会以后，是庆祝新建筑落成的派对、画廊的策划展览的开幕餐会，这样一个月两个月间隔着，小泽不断给崇子带来了工作。

这次绝对是最后一次，每次崇子都这样说，但心里不是这样想的。应该说，每做一次，心里的想法就慢慢改变一点。一旦找回给众多的人做菜的感觉之后，做菜这件事就变得非常有趣。后来，崇子听到小泽说会有什么新外烩工作的时候，会马上开始考虑菜单。

对崇子来说，转机来得意外地快。因为崇子自身并没有希望出现什么转机，所以那件事说是晴天霹雳也不为过。

那天，一位自称海外高级品牌公关部经理的女性给崇子打来一个电话。是之后二人互称崇、多莉的栗原米朵理。她对突然致电致以抱歉，然后说：

"去年，在细川亮先生的公司开业派对上尝到了大泽女士您做的料理。开始的感觉是太夺目了，透明的果冻中好像是太阳要落下去一样。真是太美了，当时我就这么想。将玻璃的小盘子放在手上看出那个好像落日一样的是小番茄。"

就好像在回味品尝过的余韵一样，稍稍间隔了一点时间。

"西红柿果冻……"崇子小声自语。

将熟透的西红柿用搅拌机打碎，然后过滤一个晚上的话，就能得到味道醇厚的透明果汁。然后放入明胶使其凝固成为果冻。

"是的，西红柿果冻。太棒了。当时因为有急事，我就只吃了那个。当时桌子上摆满了看起来非常好吃的食物，我遗憾得不行。于是就问了细川先生，他说是朋友的熟人、一位女性特别制作的。让我太失望了。"

"嗯？"

"您没有开店，这样我就不能去您的店里吃了啊。"这样说着，在电话那头笑了出来，"我们这边在找外烩的厨师，您能接受吗？"

"好的，我很乐意接受这份工作。"

"时间那么紧迫不好意思，明天我能去您那边和您谈一下吗？"

"好的，没问题。"

这么回答的时候，崇子还以为是这个女人私人的——比如说是新居贺喜宴这种，或者之前做过很多次的公司成立派对之类的——事由。

但是第二天，听了具体内容之后崇子甚是慌张。说是品牌在日本第一个实体店的欢迎宴会。崇子自己都感觉自己的脸上渐渐没了血色。不仅如此，从举止到容姿都像是从高级品牌画报上走出来的多莉——她简单介绍完以后说可以称呼自己为多莉，是从米朵理后两个字取的昵称，后来崇子想，确实多莉这个名字更符合她的形象——气势更是压倒了崇子。

这件事情过去十多年之后，在西麻布"大泽"店里，多莉正在和西岛万起子、安冈宁说起与崇子初次见面时的情景。

九月的一个周一，因为正好是节假日，崇子本来打算今天休息的，因为小泽的请托，店里还是开门了。小泽在开店的同时进了店里的单间，吃完饭以后去了下一家。既然是用了单间，估计不单单是吃饭喝酒，大概是要谈什么重要内容吧。

然后店里现在只剩下了女人，而且都是些说是客人其实更像是亲人的女人们。多莉是亲密的朋友，也是给"大泽"出资的共同经营者。万起子是同住一个公寓的住户。

曾经是短期大学学生的女儿华给万起子的儿子做过家教，自那之后往来就频繁了。与宁是初次见面，不过万起子说起过很多次宁的事情，感觉已经认识很久了。

多莉跟万起子和宁都是第一次见面，却一点不成问题。她大概拥有和什么样的人都能聊得来的能力。

"不是有句话叫脸色变了吗？但是我第一次看见有人脸色会变，就是崇哦。真是的那个时候，崇都焦虑得快死了。"

"话说得很过分哦。我是焦虑了点，不过你这个人镇静过头了吧。"崇子反击说。

"啊，我懂我懂。"万起子说。

"我懂你说的你懂。"多莉笑着说。

崇子从吧台里看着这两个人的对话，觉得她们确实臭味相投。不管什么事都不怕，想说什么就清楚说出来，想投入谁的怀抱就飞跑过去。看起来都是个性很强的女人——不，她们就是个性很强的女人。但是，与多莉相交十多年的崇子明白。多莉实际上非常认生，爱憎分明，自尊心强的同时也敏感易受伤。万起子也一样。她们的强，都是在工作中精益求精的态度慢慢塑造成的，肯定不是一开始就这么强势。

并且我也是，崇子想。

如果圭吾还活着，我当然不会有工作，也不可能认识多莉。不仅仅是多莉，从接受小泽的提议开始到现在认识的人，基本上谁都不可能遇见，甚至，现在的自己也是。如果他还活着，那个时间线的未来，存在的是一个完全不一样的自己，这一点崇子确信。

当然不会有觉得什么大泽死掉真是太好了这种想法。结婚当时崇子就深深爱恋着丈夫，现在也怀恋着。因为以后再也见不到了，所以更添眷恋。

崇子想起了大泽。崇子早已经超过了大泽死时的年龄，但完全没有那个人一直保持着年轻，只有自己逐渐衰老的想法。在崇子的心里，大泽是和崇子一起同步老去的。

"那之后怎么样了呢？"之前一直沉默的安冈宁插话问道。这话听着是对第一次见面又比自己大的人不失礼的问法，但看她从万起子身边自告奋勇的样子，看起来应该是为了掩饰好友万起子大胆的发言。

"那之后？那之后就有趣了对吧？"多莉在寻求崇子的认同。

"才不有趣呢。哎，不过你大概觉得很有趣。这个人，真的很过分。"

"那我们好好听听崇怎么说吧。反正今天也没有别的预约的客人了吧？崇你也喝一杯吧。"

"一起喝吧，一起喝吧。"万起子立即附和。

坐在万起子旁边的安冈宁的表情肯定是为这么个朋友感到为难吧，但看了一眼，完全不是那么回事，安冈宁一脸"快喝吧"的表情面对着崇子。

"再做几样吧，现在的话……对了，先喝一口啤酒吧。"

拿起手边的玻璃杯正要给自己倒一杯，多莉边说"慢着慢着"一边给崇子倒了一杯惠比寿①。店里有很多其他品牌的啤酒，不过多莉只喝惠比寿。

"那么，再一次。"

崇子吹喝着，吧台对面的三个女人也回应"再一次""干杯"，举杯碰在了一起。

"那，说到什么地方了？"

"说到崇子的脸色全变了。"

---

① 惠比寿：札幌啤酒株式会社以日本的福神惠比寿财神的形象设计商标的特别款啤酒，以德国的啤酒纯净法为酿造标准的含麦芽100％的啤酒。

"啊对对，然后啊，这个人是这么说的。"

多莉模仿着崇子的语气继续说。

"我本来以为肯定是栗原小姐你私人方面的委托呢。品牌的欢迎派对什么的太夸张了。我一直做的都是规模比较小的外烩。"

"规模比较小，之前那个公司开业派对也有将近一百人啊。差不了多少的。而且你看，季节都一样，那个时候的菜单可以直接拿过来用。"

崇子没有立马答应，回答说其他有名的酒店和一流的餐厅有很多都提供外烩服务，没有必要一定要我这个口口相传勉力维持的人做。

"您是说不想做是吗？"

"不是想做不想做的问题，我做不了。"

"那我换个方式问。不用考虑做到或者做不到，想做还是不想做，您告诉我这个就可以了。"

当然是想做了。但是如果接受了以后没有做好，把这么重要的派对搞砸了怎么办。崇子这么说了以后，多莉说：

"真是急死人了。搞砸了以后怎么办是我要考虑的问题吧。还是说搞砸了的话就没有下次了？您觉得我会把责任都推给您？别开玩笑了。"

别开玩笑了。说这话的多莉气势汹汹，感觉马上就要站起来走人了，可是，"但是，想着没有下次去工作是非常重要的。请您想着没有下次那样做。"

居然这么接了下去，不仅如此，"我不会给别人做不到的工作，那是浪费时间。"多莉宣言道。

"哈……"

"您没有其他的助手吗？"

"是的。"

"那准备工作就交给我吧。"

"哈……"

"只要前一天和当天就可以了吧?"

"是的。"

"还是说要更早一点时间准备?"

"不用了。"

"好的，那就拜托了。"

"嗯，就是这么回事了。"

"好帅啊。"万起子不胜感慨地说，宁深深地点头。

"嗯，我知道。"多莉回答。

"喂，要上这个了。"崇子笑着说，把厚厚的霜降牛肉放在炭火上烤。脂肪融化出好闻的香味。

"啊好香。"宁说。

崇子将仅仅轻微炙烤过的牛肉分给大家，女人们一起动起了筷子。大蒜和小葱切碎，放入含有少量白芝麻油的崇子特制的酱油中，这种蘸酱能很好地引出肉本来的香味。

"真好吃。"宁由衷地说道。

"崇子，你在笑什么？"万起子问。

"我在笑？"

"在笑啊，特别开心的样子。是不是想起了什么特别好的事情？"

"没什么，只是看你们就像是从鸟儿讨饲料吃的雏鸟一样。"

"雏鸟吗？"

"嗯你们几个算是雏鸟的话也是很久很久以前的事了。"

"然后多莉已经成为标标准准的女人了对吧？"万起子插话说。

"别取笑我了。"

"没有取笑啊。而且你刚刚自己也承认啦。说你知道。"

"嗯，不管怎么说，花了金钱和时间，没有这种程度的自负怎么行。我说，你们，有定期吗？"

"坐电车什么的用的定期券吗？"

"嗯嗯，就是那个定期。"

"PASMO^①的话有一张。"

"定期怎么了吗？"

面对这个问题，多莉回答："嗯，我下个月就五十了。"

在这种时候，女人之间都会约定俗成地回应说"好年轻啊"。不过回复多莉的这句话，不是什么客套，她是真的看起来非常年轻。

说起来，最近的女人为什么都看起来这么年轻呢。不仅是多莉，万起子和宁也看起来比实际年龄年轻很多。因为年轻拥有高价值，所以拼了命保持年轻吗？就算看起来年轻，但已经五十岁这个事实不会改变，崇子想。比起这

---

① PASMO：以东京首都圈为中心，可以在全国范围内的铁道、公交车使用的IC卡。

个更重要的是，五十就不好吗？能够这么想，大概是因为崇子的内心深处希望快点变老吧。

"定期这种东西，买的时候不是要输入生日吗。每次这种时候我都会意识到，啊已经多少岁了。之前买定期券的时候还是四十多岁，但是下次买的时候就已经进入五十了。好烦啊，五十什么的。但是更烦的是，老想着五十了的自己。"

"买定期券的时候输入的生日不是随便填就可以吗?"

"买定期券只是一个例子。机票、酒店入住、医院，现在连网上购物都要问年龄了。明明没什么关系的吧，不管是五十还是二十九。"

"啊，二十九的话还是有点夸张哈。"

"没关系的吧，反正又看不见脸。但要是故意填错的话，怎么说呢有点肤浅又有点难看。不是不是，是五十。真的很讨厌执着在年龄上的自己。"

"过不了一年你就习惯啦。"崇子说。

"崇五十岁的时候，没有这么慌张啊。"多莉说。

到五十岁了。崇子这么想过两次，一次是圭吾如果还活着的话到五十岁的时候，一次是自己到五十岁的那次。

不管是第一次还是第二次，占据崇子内心的都是，圭吾不可能知道五十岁是什么感受了。因为过于为圭吾感到悲伤，心中剧痛，所以，根本就没有那种因为到了五十很烦的奢侈想法。

"四十九和五十不会有太多改变啦。"

听到万起子说的这句话，崇子不经意注意到了一件事。

那就是"才"。对于四十九岁的多莉，万起子和宁都觉得她"才"四十九。不是已经四十二岁，而是才四十二岁。然后是才四十九岁的多莉。

正因为有四十九岁的"才"，所以把仅仅相隔一天的五十岁逼进了"已经"的范畴里。明明不管是身体还是心灵都没有任何变化。那个"才"和"已经"都与工作无关，而是与爱恋相关。不是，或许连和爱恋都没有关系，或许只是和女人这个存在本身相关。

"现在多大?"多莉问万起子她们。

"四十二。"

"四十二啊，真是好年纪，真想一直留在四十多岁。"

"好吗，四十多岁?"宁问。

"那当然了。这之后的事情我不清楚，但是我走过的人生中绝对是最棒的。还残留着年轻，而且有一定的经验，工作也好做。为什么四十多岁没有二十年啊。"

多莉像是自言自语一样说完，喝了一口啤酒。像被带起来一样，万起子和宁也端起了玻璃杯。

"崇子。"

"嗯，想吃什么吗?"

"不是那个，是有话要问。崇子，现在还活跃着吗?"

"这人已经醉了。"宁说。

"我现在还活跃着呢。"回答的不是崇子而是多莉。

"多莉你在卖力地活跃着呢，我知道。"

"那什么意思，就我看着不像还活跃着的? 我就是老奶奶啦?"崇子插话问道。能够不失时机地这么反问，果然姜还是老的辣。

"不是的，因为你表情就好像在说：只有我一个人是纯洁的。"

"真是能言善辩。可以可以，万起，来来我们喝。嘿，宁也喝。啊，啤酒没有了。那啤酒就喝到这儿吧，喝红酒吧，红酒。崇，看着给我们来点红酒。"多莉说。

多莉是知道的，崇子深知。从认识到现在，已经推心置腹说了多少故事了啊。圭吾的事也已经说了不止一遍。但是即使是对这样的她，崇子也没有说过自己现在对死去的丈夫还怀有超越思念的想法。包括现在还像中学生一样心怀爱恋，以及夜晚也苦于难以忍受的欲望。

但多莉注意到了这些，反而从来没有问出口。所以现在，对着万起子的问题抢着回答"我还活跃"，吵着要"继续喝"，让未挑明的秘密继续封印下去。崇子心里感激多莉这样帮自己解围。

但即便如此，很明显多莉也没有觉得万起子反应过于迟钝。比起拿劲儿装样子的女人，多莉更喜欢像万起子这样会直率争论的人。

我也不讨厌，崇子想。不管是万起子，还是今天头一次见面的宁，万起子有万起子的、宁有宁的，用各自的方式，过于正直、奋不顾身地在生活。

从吧台里侧看着她们，万起子、宁，还有多莉看起来都很笨拙又岌岌可危。别跌倒啊。不要跌倒，但是就这么笨拙地、过于正直地活下去吧。崇子希望她们可以一直保持这样，这样想着漏听了她们的几句对话。

"但是这个人还相信男人呢。"万起子对多莉说。

"我就信不行吗？值得信任的男人还是有的。"宁回答说。

是啊，有的。崇子在内心里同意宁。

比如说小泽。

圭吾停止呼吸的时候，大哭着不断骂笨蛋的小泽。为了儿子比自己先去世而只感到茫然的大泽双亲和崇子，担起葬礼的一切大小事务的小泽。自那之后十三年间，既不过分亲近也没有疏远，一直守护着母子三人的小泽。

小泽已近花甲，仍然是独身一人。圭吾没有活过的六十多岁，小泽会怎么度过呢。

"有的。"崇子说。

"嗯？"

"我说有的，可以信任的男人。"

"你看吧。"宁说。

"不然的话不可能交往。"多莉说。

"你们都太天真了。"万起子说。端起玻璃杯，一脸视死如归的神情将杯中的红酒一饮而尽。刚觉得这表情肯定是要发表长篇大论了，果不其然，万起子以"我啊"打头开始了。

"我啊，生了个小男孩是切身体会到了。不管答应过多

126

少次，依然不遵守，满不在乎地撒谎。本来嘛，他自己觉得自己并不是有意说谎的啊。尽管如此，遇到什么事了还是叫老妈——"

"老妈——吗?"

"是啊，小的时候还叫妈妈呢，现在只喊老妈。每次喊我的时候都是因为闯了祸了。还得弯腰低头赔罪给他收拾烂摊子。对男人的幻想什么的，早就已经没有了。所以就算是恋爱……"

"你在谈恋爱?"多莉插话问道。

"恋爱? 勉强算是恋爱吧。"

"不，这个人，根本没有爱，只是在恋而已。这可是她本人说过的话。"宁补充说。

"所以说是以前啦。以前，谈恋爱的时候，还守在座机旁边等着不知道什么时候打来的电话。"

"手机时代以前的故事么?"

"是啊，还是基本上都是家庭电话的时代。"

"古老而美好的时代。"宁低声自语。

无视了这句话——也许只是压根没听见——万起子继续说:"夜里也不睡觉。为了男人什么的又哭又号，以前的自己真是愚蠢。"

"愚蠢？不哭号的恋爱根本不叫恋爱。"

"所以万起子已经把爱去掉了。"

"原来如此。即使这样还是在恋情当中，就算是像去掉芥末的寿司一样的恋情。"

"是的，没错。任他是蒸不烂、煮不熟、锤不扁、炒不响的男人，我现在都能生吃下去。"

第二瓶红酒也见底了，女人们看起来已经烂醉了。

"说到底，如果说这个世上有好男人的话，为什么我们遇不到呢？"

"我们？把我们划在一起了？"

"是啊，肯定的，多莉，你看着挺好看的，可是谈恋爱肯定也不行。"

万起子说完被多莉反剪了双臂，万起子一边啊啊大叫，一边还是在说多莉恋爱绝对不行。这个时候，宁看向了崇子。

感觉到了宁的视线，崇子在心里对宁、对万起子、对多莉说：但是有的哦，可以信赖的男人是有的，比如说小泽那样真正的好男人。

五　为什么

　　为什么邀请了她呢？而且那般地诚恳。这几天，西岛万起子一起在反复考虑这件事。

　　大部分的时间都在考虑工作的事，或者不如说，都在工作。工作的时候不能考虑其他的事，所以万起子和翔在一起的时候最经常想起这件事。也因为看到翔的脸就自然而然想起了。或者在翔睡着之后，再稍微做会儿工作，结束之后茫然发呆的时候也会考虑。

　　那天，收拾完后天节目要用的服装以后，和助手彩确认了第二天的行程。这是不可或缺的最后一项工作。这也结束以后，彩说："您辛苦了。"然后要出门回去。万起子说："嗯，辛苦了，明天也拜托了。"送彩到门口，然后左右扭动着头，舒散着肩膀上积累的疲劳感慨：哎呀，今天也忙了一天了。没有回去工作，而是到了客厅。十一点，翔早已经睡了。

像是要陷进沙发里一样坐下去，伸手拿起茶几上的遥控器打开了电视，点燃了烟。自动模式下的空气净化器工作的声音突然变高。每天只有在一天结束的此时才会在这里吸烟。将烟吸进肺的最深处，再慢慢吐出来，由于持续工作扩张的身体中的血管一下子紧缩起来，能感受到微微的眩晕。这一瞬间的舒服感受无法言传。

"警察正在搜寻与孩子们住在一起的二十一岁的母亲的行踪。"

刚打开的电视里传来女主播轻柔的声音，万起子偶尔会和这个主播在电视台的走廊擦肩而过。

在一间公寓里发现了死去的小小的两兄妹。

又来了，万起子想，只要打开电视，每天都有人被杀，这次是杀小孩吗。这件事看来暂时会在综合节目里成为话题，一直被讨论下去吧。两岁和一岁的小孩子，见死不救的母亲，她的成长经历将会以全力采访的名义被全部公布于众。然后，被诽谤为不可救药的母亲，比起母亲，那就是一个女人^①。

来吧，电视机前的观众们，大家一起来。那根本不是母亲，那是女人。本来不可能听得见的声音，在万起子的耳边，甚至是带着无法抑制的愤懑的语气，响了起来。

与此同时，还听见了母亲们的声音。是的是的，但是我们不一样。明明在各自的房间的各自的电视机前，但那个虚幻的声音不可思议地汇聚在了一起。

那肯定是个女人啊。不是女人的话，那就不是母亲而是父亲了。万起子在心中吐槽说。像在骂人，就算不出声，骂人还是可以做到的。

万起子实际当然也明白，这里的"女人"并不是单指男女的性别而言。尽管如此，或者说正因为如此，每次听到这样非难的声音，万起子都要在心中骂人。也许是因为感觉到像是自己在受到非难？因为自己的恋人三十多岁？肯定是这样。

万起子想，有工作、养着孩子、没有丈夫的女人谈恋爱到底哪儿不对了。在工作当中，自己一次也没有大肆宣

---

① 着重号，原文如此。

扬自己是女人，也没有利用过这一点。一个人养孩子，而且养的是个男孩，不仅仅是当个母亲就可以的。

讨厌啊，我这人越来越像男人了。这要是开玩笑问题还不大，就算不是开玩笑的时候，自己也想过自己内心可能是男人。万起子心中还留有不要是男人，全身心都想回归女性的瞬间。

将吸了一半的烟掐灭在烟灰缸里，电视也关上。将头向后靠在沙发靠背上，万起子闭上了眼睛。

不像愤怒那么激烈，不似悲苦那么痛苦，和任何一种感觉都微微相近，但是又决然不同的感情。无法命名，也没有办法排遣的感情在万起子心中缓缓升起。

不是，不是缓缓升起，而是不管什么时候都一直存在。没有当母亲时急不可待，真正当了母亲以后轻微后悔。如果没有翔的话，这场离婚将一点缺憾都没有。如果没有翔的话，自己听到这个新闻会是什么感受呢？

知道万起子有恋人这件事的，除了朋友安冈宁之外，只有以艺人工藤为首的工作上认识的同事。

同事聚会啊或者气味相投的朋友聚到一起喝酒的时候，餐桌上会进来从来没听过也没见过的人，根据那个场合的氛围或者势头——说完成人话题以后顺便说起了比自己年纪小的恋人。这种事情说起来也有过。

在不久之前就发生过这种事。不久之前？不，已经是大约一个月之前的事了。最近这段时间，总感觉一个月只有十天左右。万起子心想，感觉到时间过得飞快，不仅是因为工作忙，还有年龄的原因吧。虽然不想承认。

那天晚上，节目组的制作团队和助手彩，一起来到了电视台附近熟识的店里。在不是多么大的店里，边吃饭，边喝啤酒啊烧酒高球①之类的。快要结束的时候，隔壁桌一伙人加入了进来。这边是七个人，那边是六个人。氛围变成了包场的小型宴会一样。没有交换名片，只是简单介绍了一下姓名。

或许是因为年轻人比较多，话题自然进展到了恋爱相关。对方六个人里面，在目标年龄层的三十岁前半的有三人，可惜没有喜欢的类型。还有二十多岁的男女各一人。和万起子同年龄的女人一人。不是电视制作相关的工作人

---

① 烧酒高球：以软饮料混合蒸馏酒调配而成的低酒精饮料。碳酸酒精饮料。

员，感觉也不像银行或者制造业这种严肃行业的。说是刚从公司下班，穿着也十分随意。要么是 IT，不然就是出版相关的。

开始酒醉的脑子里有个小小角落在想这些事情的时候，听到了坐在彩旁边的女孩在问彩："西岛女士结婚了吗?"

"结是结过，不过现在是一个人。"回答的不是彩，而是万起子本人。

"您有恋人的吧?"

"当然了，另外还有个儿子。"

"比万起子小哦，她的男朋友。"彩像是终于争取到了发言权一样说。

女孩轻轻瞅了万起子一眼。

"是啊，儿子和恋人年纪都比我小。"

万起子的话引起了哄然大笑。

"比您小多少呢? 啊，我说的不是您的儿子，是您的恋人大人。"看起来肯定二十来岁的男人问。

恋人大人? 恋人后面不要加大人好吧。

记得以前不知道什么时候，彩曾经用完全没有重音的语调说过"男朋友大人"，然后万起子回复过"不要加大人"，对极有可能不会再见第二次的男人不需要那么礼节周到。

"男朋友比我小十岁。"万起子回答。

"太酷了！"声浪高涨。

"像西岛您这么可爱的女人，这样的男朋友绝对是有的。但是约会的时候，果然还是您请客吗？"

"哈？你，刚刚说了什么？"想要吓唬吓唬他，但嘴上却笑着说，"不是不是，才不会请客。偶尔也请过。我啊、一点也不想惯着男人。因为在谈恋爱啊，年龄小的那个不努力表现得像个男人可不行。"万起子回答。

"嘿，好厉害。"

"厉害吗？"

"很厉害啊。"

厉害听起来像是可怕。啊哈哈哈，这人在害怕啊。还是以为我很蠢？不过，不管是哪个都无所谓，万起子想。

是的，这种事情，真的是不管哪个都无所谓。睁开眼睛，身体从沙发靠背上起来，点燃了烟。第二支烟已经不像第一支那么有味道了，只吸了一下就掐灭了。

对于不会再见第二次的人，不会去考虑他怎么看待自己。但是，翔的学校的那些家长们就不一样了。

不想再告诉她们第二次自己恋人的事，然后对翔也是。

万起子想起了翔一年级运动会的时候。并不是特别想要想起来，不知怎么的就想起来了。

那个时候的恋人，不是现在的这个。人很好，翔也很黏他。不仅是对万起子，在翔身上也花了很多时间。教翔骑自行车的是他，陪伴翔练习投接球一直到翔说够了为止的是他，游戏的玩伴也是他。翔没有理由不黏着他。

运动会的几个星期前，翔就央求着他一定要来看运动会。"我跑步很快哦。我会得第一名的，你一定要来看哦。"翔没有和万起子说，反而和他说了。

也不是什么需要特别隐瞒的事情，而且他本人看起来也不反对。岂止不反对，看他被翔死乞白赖地央求的时候还有点开心的样子。

运动会那天天气晴朗到有点炎热。因为少子化，加上住在附近的家庭很多都让小孩上私立的幼稚园或小学，公立小学的学生数量少得惊人。翔上的那个小学，每个年级都只有四十人左右，目前的状况是勉勉强强地维持每个年

136

级两个班。但是，那天的校园里，不仅仅是父母，到处能见到像是祖父母辈的家长，非常热闹。

不是一个人来真的太好了。这么热闹，如果只有我一个人给翔加油的话，翔肯定也提不起劲。

刚这么想，转眼之间就突然变成了后悔。虽然没有期待冷笑中有什么好意，但不断有明显好奇的视线和轻蔑的眼神投过来，自己有点待不下去了。还有人揶揄道："啊哟，你弟弟啊？"最讨厌的还是讪笑着打哈哈的自己。

第二年运动会万起子就一个人去了。今年的运动会也是。今年，因为交往的男朋友已经不同，就算没有那天这样那样的事，也没有什么心情带着别的男人去。

几乎是无意识地，万起子又摁下了遥控器的按钮。想了一瞬间，啊不会还是那个新闻吧，但那个新闻已经没有在放了。

吸着第三支烟，万起子想，为什么我就处理不好这些事呢？

她也是这样吗？然后她也是吗？

万起子想起的两个女人，一个是新闻里的不认识的母亲，另一个是谷本美雨的母亲。

在暑假之前转学来的谷本美雨，听翔说她学习很好，几乎不怎么说话。虽然没有亲眼见过美雨，但从翔的口吻以及她妈妈的长相推测的话，很容易能猜到是个漂亮的孩子。漂亮、沉默、一副生人勿近的样子的九岁的女孩。让老师头痛，经常叫家长到学校。

万起子本人也是频繁地被叫到学校，两人在放学以后的校园相遇过。说是相遇也只是擦肩而过的程度，一次都没有说过话。她的存在也没有特别引起万起子的兴趣。对于要引起造型师的兴趣来说，她实在太过质朴又无趣。

为什么邀请了她呢，万起子又在想了。思考了一圈，想法又回到了原地。

那天，出门买喝光的红茶，看到了谷本美香穿着白衬衫，戴着苔绿色的围裙，边看手里的数据，边往货架上摆红茶罐子。视线交会的时候，二人都"啊"了一声。

万起子注意到美香在"啊"的一声之后，脸上出现了一瞬"啊啊"了然的表情然后又迅速消失。"啊啊，原来是在这种地方买东西啊"的"啊啊"。

在接过指定品牌的红茶的时候，万起子仔细地看了一眼美香的脸。说是仔细地看，视线肯定也没有多强烈，时间也肯定没有多长。对方肯定没有注意到自己这一眼。这可以说是美香的特殊技能，是长年做造型师这个职业自然而然养成的。虽然不知道是不是所有的造型师都有这个技能。

万起子这样看到的美香，穿着非常合适的白色衬衫，整洁而美丽。然后，一个人担负着生活和孩子——虽然不知道实际情况，但万起子觉得肯定没错——一点看不出来已经做了母亲，看起来只是一个勤恳工作的、干净的年轻女性。能看出来她对于工作有着自信和自负。如果围裙的长度再短两厘米的话，那一切都完美地刚刚好，万起子想。

虽然在学校见到的她毫无惹人注意之处，但在超市见到的她刚刚好。

所以，想要和她说说话。想和与自己一样被叫到学校、与自己一样在工作的时候如此鲜活的她说说话。何况，她还是翔喜欢的女孩的母亲。

那个时候可以说是强迫的邀请便是这么回事。

给了她自己的名片说联络方式在这里，离开超市的时候甚至有点小兴奋，有些期待约好的周六。但是，到了那天夜里，万起子不这么觉得了。即将和明明一点也不亲密的人相处忽然变成了麻烦事儿。

就借口说自己那天有工作，干脆就取消怎么样呢，万起子想。虽然知道这样做太任性了，但，从那天美香的反应来看，那样的话，她可能也会松口气的。

说到底，一起吃饭的话，到底说些什么好呢？要说各自经常被叫家长的孩子吗？

和她做妈妈友？怎么可能。我怎么会跟人做妈妈友？

如果是宁的话，万起子想，宁能处理好很多事，不管是养孩子还是和家长们的交往。不管怎么说，宁是"豆芽事件"的当事人啊。

不记得具体是什么时候的事儿了，世田谷砧町 LEM-ON 工作室的节目收录结束之后，去了位于狛江的宁的家。宁正在餐桌前摘豆芽。那个场景让万起子惊愕了。

万起子知道，宁在做饭的时候肯定会仔仔细细地把豆芽的细根一根一根地摘了。所以这件事本身没什么好惊讶的，万起子惊讶的是，宁不是一个人在摘豆芽。宁和杏的朋友的妈妈面对面坐着，边聊天手上边利落地摘着。摘干净的豆芽不断被放进桌子正中放着的鲜黄色竹篮里。

万起子经宁介绍过后坐在了旁边，没有办法插话，就那么看着她们。豆芽和袋子里的细根都收拾完以后，杏的朋友和她的母亲一起回去了。宁和杏送母女俩到门口，留万起子一个人在里间的时候，万起子觉得自己是不是来错地方了。宁简直不是万起子认识的宁。

"不好意思，万起子。"

"我好惊讶。"手指着盛豆芽的竹篮，万起子说。

"嗯？你不知道吗？我一直都摘豆芽根啊。"

"我知道，我说的不是这个。让小孩儿在一边玩儿，然后妈妈们在一起开心地聊天，甚至还一边摘着豆芽根。你不是讨厌这种事的吗？"

"讨厌？也没有讨厌啦。老是一个人工作也会气闷的。"

"转换心情？会吗？"

"有时候会有时候不行，类似的还有些别的事，一起接完孩子回来顺便喝个茶什么的。"宁说。

这样说过的宁说不定能好好地应付那个场合。就这么办吧。只能这么办了，于是万起子给宁打电话，说明了原委。

"为什么是我？不要。我一点都不认识那个人，别说不认识了，我们孩子都不是一个学校。很奇怪的吧，我要是在的话。"

宁这样说是意料之内情理之中的，但是从万起子的立场来说必须要让宁答应。

"实在不行的话，我会准备豆芽。"

"豆芽？"宁问。声音有点尖锐，证明这不单纯是个疑问句。

"嗯。一边摘豆芽的根的话不是更容易聊天吗？"

"你在开玩笑呢吧。万起子，干脆取消这事儿怎么样。又不是工作，没有必须这么勉强见面的理由吧。翔不在的话你就一点顾虑没有地出去约会好了啊？"宁又说。这也是非常顺理成章的想法。

"虽说如此吧，虽说如此哈。"

"真不爽快，不像你。"

"确实。"万起子承认。

但是到最后宁还是说"知道了"，这点万起子和宁从开始就明白。

不出所料。"真拿你没办法啊，我知道了。"宁说，"但是，那人要是有一点点麻烦的话，我立马就会回来。"

为什么没有干脆地拒绝掉呢？拿着递给自己的名片，谷本美香想。她时不时就想看一眼，印着"stylist 西岛万起子"的名片。记载着办公室和手机两个电话号码，给对方打电话的话现在也能拒绝。很简单就能做到。但是没有那么做。虽然没有这么做也出于自己的意志，至于为什么，连美香自己也不明白。约好的日子就是明天了。

每次在学校碰到的时候，都觉得这样的女人很讨厌。全身都是奢侈品的女人。散发着好闻味道的女人。拥有特别的职业的女人。从出生到现在的生活方方面面都与自己如此不同。也不是说因此羡慕或者嫉妒，只是，那是另外一个世界的人。差别如此巨大，连嫉妒都想不起来。肯定聊不到一起去的吧。说起来，到底要说什么呢？难道要说老是叫我们去学校的班主任老师的坏话吗？

深夜，没有开电视机的公寓房间安安静静。侧耳倾听，能听到在隔壁房间睡觉的美雨的呼吸声。今天也没怎么听到美雨说话。但是，美雨的睡颜恬静，这点让美香安心了一点。因为睡颜那么可爱，自己又想要更安心一点，美香刚刚盯着美雨静静地看了很久。最近每天晚上都会这么做。这样的话，好好睡觉、好好吃饭的话就没有问题。也许有问题但是没事的。但是没有办法。只能这么想。

说起来，美雨还是小婴儿的时候，美香就喜欢盯着美雨的睡颜看。不管怎么看都看不厌。那个时候，美雨也什么都不说，偶尔会发出"啊"或者"呜"，这种不能算语言的可爱的声音。就凭着这样的声音，美香就能明白美雨想说什么。肚子饿了啊，困了啊，屁股脏了不舒服啊，所有的事。

不管想什么事情，最后都会想到美雨身上。只有在工作的时候才能够暂时不想美雨。

美香注意到了自己和西岛万起子有几点共同点。两个人都在工作这一点。肯定是自己工作来养育孩子这一点。

不仅如此，还有，因为孩子被叫到学校这一点。美香觉得这点很重要，稍微对万起子感到了一点亲近。

拿起放在桌子上的名片，美香说出了声：西岛万起子。

第二天从早上开始就是晴天。美香比平时提早一个小时起床，做起了两人份的便当。梅子和鲣鱼干的饭团各做一个，美雨的稍小一点，自己的饭团要大一圈。小菜是炸鸡块和煎鸡蛋，还有土豆沙拉。超市也有卖好吃的土豆沙拉，不过还是自己亲手做了。还准备了保温瓶，里面装了热热的大麦茶。

平时的午餐美雨都在学校食堂吃，美香都是买超市的食物吃。只有在运动会和远足的时候才会制作便当。

在超市工作午间休息的时候可以出去吃，不过美香不那么做。也有为了节约的原因，还因为在超市吃的话心情比较平静。今天的话吃着便当，一边想象着美雨去的海边小城，神奈川县三浦市。想象着，这个自己没有去过的城市。

便当做好的时候，美雨起床了。美香说早安，美雨用很低的声音回应说早安。

"便当一会儿就做好了。"

"谢谢。"（声音果然还是很小）

"早饭想吃什么呢？要烤面包吗？"

这么问了以后，美雨只是轻轻歪了下头。

"便当也是饭团，早饭也吃饭团吗？"

问完之后，美雨微微点头。

美香又捏了两个饭团，切了一点煎鸡蛋，拿出昨天剩的煮南瓜作为早饭。吃饭的时候，美香说："今天天气不错，真好。"美雨又微微点了点头。好吃吗？没有忘记带什么吧？真期待。美香不管问什么，美雨都只是点头。

说点什么吧？美香心里虽然想这么问，还是把这个问题和饭一起咽了下去。

今天没有背书包，美香在背着帆布背包的美雨身后说："路上小心。"美雨小声回答："我出门了。"美雨的手伸向门上的把手，开门的动作感觉有点犹豫。之前都是毫无感情地推开门就走了。美香正想着她是不是不太想去，美雨转过身，用更小的声音说："便当，谢谢。"

门打开之后，美雨消失在门外，门再关上，这期间美香一直站在那里，连门关上了都是过了一会儿才反应过来。再过了一段时间才反应过来刚刚如果回答说不用谢的话就好了。她说，"便当，谢谢。""便当，谢谢。"这期间美香的脑子里一直回响着美雨说的这句话。

工作时间一般不考虑其他事情的美香，那天不断想起早上的事情，抑制不住地开心。在工作人员休息室里打开便当的时候，自己也意识到自己的脸上绽放出了笑容。

当然没有发生翻天覆地的变化，也没有回到过去的状态。说是变化也是微小的。不，那个时候，美雨主动和自己说话了。就算那个声音再小、语句再短，难道不都是巨大的转变吗？

对就是那个，很久以前三上教给自己的那句话，小小的一步什么的。店长狠狠骂自己的时候，三上给了自己很大的鼓励。"不要在意，摆出架势来一定要休产假。美香如果打了这个头阵，以后的人会轻松的。"这么说完之后，告诉了自己人类史上第一位登上月球的宇宙飞行员说过的话。嗯好像是，个人的一小步，却是人类的一大步。今天早上美雨的一句话就是这样。三上，现在在做什么呢？

"啊，便当啊。"

十分钟之后进入休息室的田所唯看见美香的便当说。唯是比美香小四岁的兼职员工。开始工作的时候，唯还是大学生，看到招兼职的广告来应聘，那个时候这里还是平价超市。那之后唯也没有找到其他的工作，虽然在这里也有成为正式员工的机会，但因为她还有其他想做的事，所以毕业以后也还是兼职，一周只工作三天。

一直坚持兼职这点和三上很像，可是，二人却完全不同。三上在工作人员当中工作比谁都要优秀，唯则不是，感觉她很明确地只将这里作为兼职打工的地方。即便如此工作也不会懈怠。她性格开朗，工作努力。对于这样的人，美香微笑以待，有时会羡慕她。从唯身上能看到从健全的家庭中成长出来的健康的味道。

"今明两天，我家小孩去移动教室。"美香回答唯的"啊，便当啊"。

"那个我也去过，是三浦吧？"

"是的，你也去过？"

"涉谷区的小学三年级学生会轮流去。很开心的。"

"是吗？"

"是啊，夜里可热闹了。"

热闹，美雨能融入这个热闹里吗？还是在房间的角落一个人孤零零度过呢？美香怎么也想象不出来美雨和大家玩闹的情形。美雨不亲近任何人。想起了班主任老师的这句话，刚刚还兴奋的心情忽然低落。不知道是不是表情上体现出来了，唯问："发生什么事了吗？"

"转学过来以后她好像还没有交到朋友。"

"没关系的，一晚过去之后大家关系都会变好的。"

"希望如此吧。"美香回答。

美香想起自己因为讨厌学校而没有好好交过朋友。那个时候，最安心的就是一个人待着的时间。一个人待着虽然会有些孤单，但没有必要看任何人的脸色，所以远远要好过得多。

美香想美雨说不定也是这样。自己那样没有关系，但不喜欢美雨这样的原因是对她的爱呢，还是自己的一厢情愿呢？但是，像唯说的，和班级里的朋友度过一晚，也许就能变回以前开朗又快活的美雨。这么一想，抱着淡淡的期待，心里又无法平静了。美香想起，自己下决心搬来这边的时候，也抱着这样的期待。

代代木上原站同时经过小田急线和地下铁千代田线两条线路。从这边走的话，千代田线的终点站是绫濑，那里已经到了足立区。足立区绫濑是美香开始一个人生活的地方，也是以前工作过的店铺所在的地方，更是生下美雨的地方。与美香自己的出生地足立区岛根不远。

在这站，约好了与西岛万起子七点半见面。

美香比约好的时间早到了五分钟，出了南口以后在出口附近站着，心不在焉地看着眼前的咖啡店，以及店外的桌子椅子。头顶传来电车到站停车的声音，之后又开走了。

"对不起、对不起，久等了。"

比约好的时间晚五分钟，万起子出现了。可能是跑过来的，呼呼地喘着粗气。

"没有，我也是刚到没多久。"美香回答，然后问，"没事吧?"万起子咳了一声，要咳嗽又要说话的万起子的"没事儿"听起来像"没四儿"。

万起子又对美香抱歉说不好意思强邀她过来。昨晚电话里已经说过了，今天来的人不只美香一个的事昨天也听说了。听说另外一个人是万起子学生时代的朋友。万起子在电话那头说，觉得比两个人面对面说话可能轻松一点。

万起子这么一说，美香也觉得确实是。比起两个人，三个人肯定某些程度上要轻松。

之前的感觉没有错，实际也是如此。

自我介绍叫安冈宁的这位万起子的朋友的存在，确实拂去了美香看到万起子生活状况之后产生的怯场——潇洒的公寓、家里配置的来自巴黎的家具（虽然美香不知道那是巴黎的家具）、柔软的皮革拖鞋。如果是一直和万起子两个人单独在一起的话，这种感觉会一直挥之不去吧。

晚餐也不是多么夸张的食物，这点让美香松了口气。烤牛肉块（美香说"好吃"的时候，万起子说"只是拿烤箱烤了一下而已"）和沙拉、咸菜、法国面包、啤酒和红酒。看着都不是精致的料理，但每一样味道都很好，美香明白这是因为原材料选得上乘。

"和这人虽然是大学的同班同学，但学生时代的时候互相都觉得和对方不是一个类型。因为啊，这人，在校园里天天摆着一副本人可是文学少女的神情走来走去。我那时候就觉得和这人绝对做不了朋友。讨厌这样的女人。"

万起子这样说的时候，美香禁不住笑了。

"喂，有点过分哦。"

"我不是笑那个。西岛你居然会觉得这样的女人讨厌。"

"啊，笑点在那儿啊？"万起子说。

"说起来我更受不了她的好嘛。过度浮夸。真是世事难料啊，这样的两个人居然能交往二十多年。"

"关系真好。我高中就退学了，说得上的朋友一个都没有。"

美香自然而然地说了出来，这其中最惊讶的恐怕还是美香自己。听完美香的话，万起子开心地说："果然。"

"喂喂，万起子。"

"啊，不好意思。不过我一直觉得你肯定是十六岁左右生了美雨。所以根本就没有交朋友的时间，我说中了吧?"

"生美雨是在二十岁。"美香回答。

这之后越聊越投机。明明美香和万起子他们岁数相差了一旬以上，而且成长的环境和各自的工作都截然不同。当然三个人有共同点。三个人都是单亲妈妈，小孩都是小学三年级学生。

刚过九点半，万起子拿起电视机的遥控器说："不好意思，我开下电视。现在工藤要出来了。"

"工藤是?"美香问。

"工藤勉。我是他的造型师。"

"是吗，那我也该回去了。"美香起身说。

“还早呢吧？再喝点聊聊天吧。反正回去的话美雨也不在，而且步行就能回去。”

“不过，你不是要工作吗？”

“嗯，不是，只是检查一下服装。宁也不回去的，对吧？”

“是啊，可以的话再待一会儿吧。虽然她看着很强势，不过却很容易感到寂寞哦。”

“最后一句很多余。”万起子说，边说，眼睛看着画面中的工藤勉。

不只是服装，节目中工藤勉的动作姿态还有发言都在万起子的观察范围之内。美香和宁也心不在焉地看着电视。节目快结束的时候，想起了提请注意新闻速报的声音，屏幕上方的字幕滚动出原本行踪不明的二十一岁的母亲被逮捕的消息。

瞬间，房间里一阵尴尬的沉默。万起子后悔地想，要是早几秒就关电视的话，就不会是现在这种氛围了。难得刚刚喝得那么开心。

打破沉默的是宁，嘀咕了一句：“二十一岁吗？”也许只是自言自语。不管怎么说为了打破沉默必须有人说点什么。"真年轻啊。"万起子说。

"这个人，没有杀人吧？那为什么要逮捕她呢？"这样问的是美香。

"就算不是直接动手，和她杀的也没区别。将离开自己就什么都做不了的小孩子关在上了锁的房间里扬长而去，肯定知道总有一天是会死的。这是称为保护责任者遗弃致死的犯罪。"

"嘿，知道得真多。宁不愧是读书人。"万起子这么讽刺似的说话，当然是为了想改变这时的氛围。但是，美香没有接下去，而是用特别认真的声音问。

"你觉得她是糟糕的母亲吗？"

"肯定是的吧。"宁说。

"确实说不上是好母亲。"这么回答的时候，万起子的感觉就好像含了什么苦味的东西，味道在口中渐渐散开。

但是，我不一样。我们不一样。在电视机前正在这么说的，竟然会是自己。为什么会发生这样的反转呢？三天前的晚上，我还是她呢，万起子想。

"是啊。确实不是好母亲。但是为什么只有母亲被问罪呢？只有母亲被非难。只有母亲的话怎么可能生得出孩子？

那个孩子的父亲在做什么呢？这个男人不做父亲、不承担责任，也不会遭受任何非难，他就在不知道什么地方逍遥自在地生活。只有自己待在安全的地方。难道不奇怪吗？"

泪水顺着美香的脸颊流了下来，但美香还是继续说了下去，连脸上的泪水都没有注意到，不知道是在说被逮捕的母亲，还是在说自己。那个母亲与自己混在一起，自己小时候的事又与美雨混在一起，美雨出生至今发生的所有事一股脑全涌上来，美香的心好像要破裂了。不是好像，是已经破裂了。只是没有连身体都碎为齑粉。

目前为止——从出生一直到这个时候，美香都没有在人前这么表露过感情。小的时候不管是对母亲还是对谁都没有说过内心的话。和男孩说怀孕的消息的时候，愤怒于男孩的言行往他脸上泼了红茶，即使是那个时候还是抑制着自己的。

"没事吧？"宁问。

"想发火的心情我懂。"万起子回答。

"懂？你懂什么？"美香脸上乱糟糟地，她反问，"不可能懂的。你们怎么可能明白那种事。"

"你怎么知道我就不懂呢？"万起子不服输地反驳。

"因为，你们都是大小姐啊。娇生惯养着长大，结婚生子，就算已经离婚了现在还不是过着奢侈的生活。"

这种生活不是轻而易举到手的。自尊被粉碎的时候，被毫无理由地恶意攻击的时候，都经历过，很多次。不是自己乐意选择离婚的，不是游刃有余地活到现在的，宁也是，我也是。往常万起子肯定会这样反驳的。但今天却没能说出口。你们都是大小姐。听到这句话，便无话可以辩驳了。她画出来了"你们"这条线，再往前便无法跨越了。

"我连婚都没有结就生了美雨。"美香说，"也许对于美雨来说是很可悲的事情，但是美雨能够出生在这个世界上，我特别特别开心。美雨只要存在在这个世界上，我就很幸福。美雨又开朗、头脑又好，和我完全不一样。而且她以前特别喜欢我。特别。但是，某一天突然，她就不说话了。不笑了。无论做什么都不管用。"

"所以被叫到学校啊……"

美香听到万起子的这句自言自语，点了点头。

"都说是不是我给她的爱不够。说是不是在没有爱的环境下长大的孩子，做了父母，也不会爱自己的孩子。就好像这是理所当然的事情。说的这是什么话？我是没有什么钱，可一点也不短孩子的就是给她的爱啊。居然说……"

"很伟大。我不是说反话，我是真心这么觉得。"万起子说，"我啊，曾经想过，如果没有翔的话会怎样。工作顺利、恋爱开心的时候，就照这个趋势继续下去，再往前走，可以的，每当这种时候翔这孩子就会出问题。弄伤了别的孩子。在理科教室弄出放火骚动。每次都生生把我拉回现实。不能东张西望，感觉有人在说你给我好好目不斜视地只盯着孩子。但是我想工作，想工作得好，为了努力工作想谈恋爱。翔很重要。这是当然的，毕竟是自己的孩子。但是，有时，会想如果没有这个孩子的话会怎样。"

美香瞠目看着万起子，既不是轻蔑也不是非难。美香自问，自己确定怀孕的时候、生美雨的时候，一瞬间都没有后悔过。这种事情连想都没有想过。对美香来说美雨的存在是绝对的。但是现在她也无法说出这里面没有丝毫阴霾。

那是美雨刚满三岁没多久的事情。那天，店长骂人骂得更过分了，下班的时候身心俱疲。更不幸的是，收拾完要离开工作人员休息室的时候遇到了店长。真倒霉。不由自主转身要离开的美香耳边响起："已经要回去了么。招呼都不打。真是高贵。"

去保育园接美雨到回到家开始做饭，美香的心情都没有好转。回来的时候店长那些话、那些阴魂不散的声音，不断在脑中纠缠，消散不去。

美雨看出了妈妈的心情和平常不一样，担心地问："妈妈，怎么了?""妈妈，生气了吗?"反复问过几次之后，美香的火上来了。

等到意识到的时候，美香已经在怒吼了。想要怒吼的对象明明不是美雨，却对着美雨高声叫嚷："吵死了。给我安静一点。妈妈很累。"美香看到美雨表情明显很害怕。美雨越害怕、越哭，美香的语气就越强硬。那个时候美香意识到，只想伤害自己爱的人，不对，只想伤害比自己弱小、无力的人，这种心情无法抑制地涌上全身。

"妈妈，对不起，对不起。"

不知道为什么被骂，美雨哭着给美香道歉。

那之后事情是怎么平息的，美香已经忘记了。

吃完晚餐已经很晚了，帮美雨洗完澡以后，带美雨睡觉，看着美雨的睡颜，美香心中涌起万分的后悔。明明想正常地生活，明明只有这个孩子最重要，明明很认真在工作。从美香的眼中落下大颗大颗的泪珠，打湿了美雨的被面。

美香对美雨使用语言暴力就是这时。毫无道理地伤害无辜的美雨，只这一次。但是，这一次，比起美雨，美香承担了更深的伤痕。

"害怕责骂。"美香说，"责骂孩子的时候，会不断升级，到最后难道不会变成虐待吗。结果，最终会变成那样的。"

"但是，你不会做那种事的，不是吗？"万起子说。

"所以，你怎么知道的呢？因为我刚刚说付出了爱是吗？就算是爱，不是也会虐待的吗？我害怕明明有爱却可能会变成虐待。我，有一次，对美雨做过很过分的事。明明不想那么做的，明明不想的。但美雨越害怕、越哭，我反而越想伤害她。"

"我也有因为自己心情不好骂孩子的时候。就算是同样的事小孩子做起来，根据自己的心情好坏有时候会责骂有时候不骂，也很经常。"宁说。

不是一回事。不是这么简单的事情，美香想。果然是大小姐。在充满爱的环境下长大，然后在把自己接受过的爱灌注到孩子身上。结果，这些人还是和自己不一样。

"不是的。"说话的不是美香，是万起子，"谷本想说的不是这个。看着孩子的脸，心情不但不会平息，反而更加愤怒，最终变得残酷。怕的是这个。我也是这样。谷本，那个，实际上不是针对孩子的，我觉得。"

美香看着万起子。

万起子继续说："应该是针对其他的母亲，再说大点的话针对世界？（这里万起子的语调在结尾的地方稍稍上扬）龇牙展露的敌意。虽然这个牙对向了眼前的孩子是很过分。"

美香继续看着万起子。

"刚刚，我说我懂说的就是这个。宁不懂，我也觉得。有个不找麻烦的孩子，和孩子的家长相处得也很好，我也十分觉得这样的宁能懂什么。"

"真的吗?"

"真的啊。我知道你也有你的理由。不过，翔老是惹出麻烦，每次都要被叫去学校，这事儿别的家长也知道，很难过的你明白吗。翔完全变成了问题儿童，只要去家长会，别人就用那种'孩子都只会惹麻烦了，这时候还管什么工作'的眼神看着你。但是，如果我不是母亲而是父亲呢?

明明有工作，还要照顾孩子，那个孩子如果惹了什么事情，就会变成会好好去学校的父亲。就算不称赞他，也不会说让他不要工作吧?"

听着万起子的话，美香慢慢平静了下来。眼泪不流了，宁指出她脸上的泪痕，美香用手使劲擦了擦。

"喝点咖啡吧?"

听了宁的话，美香和万起子同时点头。

那之后三个人就像要探索没有答案的问题一样，聊了很长时间。然后稍微，真的只是稍微互相理解了。

不知不觉到了早上，窗外亮了起来。

六 谎言与秘密

天完全亮了。房间里的灯不用开了，刚刚一直在叫嚷着新一天的到来的鸟鸣声也听不见了。

天色未明的时候就开始叫着起床的鸟，肯定为了寻找食物不知道飞到哪里去了，宁想。

"一不小心都早上了。"

"嗯，很久没通宵过了。"万起子回答完起身拉开了窗帘，"啊，天气真好，看样子三浦也是个好天。"

美香在万起子身后点头。窗外秋季晴朗的蓝天万里无云。距离不是很远的三浦半岛之上，肯定也是同样的晴空吧。不，也许是更加晴朗也说不定。

暗褐色沉甸甸的柜子上的电子钟上的数字显示"6点

17分"。美雨带回来的通知书上写着，移动教室的起床时间是七点。那，还有点时间，美雨还在睡吗，像唯说的和朋友们玩闹到很晚之后。美香希望美雨如此，想着美雨也许真的这样过了一天也说不定。因为就算是自己，也度过了这样一个完全预想不到的夜晚。或者也许发生了什么事让美雨无法愉快地度过这一晚吗？

"在考虑美雨的事吗？"

宁轻轻的声音在身边响起，美香突然间想起昨天晚上宁的指尖在自己脸上的触感，心脏怦怦跳。美香努力不被发现地轻轻调整呼吸，回答说："是啊，不知道她怎么样。"

"肯定没事的。"不是宁，而是万起子说，厨房传来淘米、冲水的声音。

"是啊，就算是担心、期待，都没有用。"

"哎，谷本小姐。"万起子喊，"你肯定觉得以后一直会这样吧？岂止如此，肯定是觉得以后会越来越糟的吧？但是，不会的。"

宁在美香的身边点头。对着点头的宁和在厨房的万起子，美香也点了点头。

"话说回来，这话由我来说，可能不太让人信服。"

"没有那回事。"

"你表情明显在说很有这回事哦。"

"哎?"美香不觉发出声音。看着美香,宁觉得很有趣,告诉她:"没有啦,她逗你玩儿的。"

"才不是,我把你看得透透的。不过,我刚刚说的是真的。也是别人告诉我的,在我因为翔的事情特别低落的时候。那个孩子本性很稳重,所以肯定没问题的。只要万起你不动摇就可以了。虽然现在很辛苦,但不会一直这样的。我这边也是一直这个状态,我也是靠这句话支撑着过下去的。"

"不会一直这样的。"美香重复。

"是啊。去年的这个时候吧,情况糟透了。翔每天都从教室跑出去,我就得每天早上去学校。明明小学什么的三十年前就毕业了。"说完,万起子自嘲地笑了,"累得要死的时候,发了很多牢骚。以后都是这样的日子吗?果然都是我的错吗?然后有人这样和我说,同样的事情不会一直持续的。好的事情不会一直好,坏的事情同样也不会一直坏下去的。"

"那是,安冈小姐说的吗?"

"不是，不是我。哎万起子，那是崇子说的吧？"

"嗯，是的。"万起子说。

"崇子？"美香疑惑地问。

"崇子是……"大致完成了早餐准备的万起子回到客厅，和美香说明崇子的为人以及和崇子的关系。

"我也是最近才第一次见到的，人很好，是能信任别人的人。"

"不是可以信任的人吗？"美香问。

"不是。信任别人更难吧。崇子可以完全信任别人。当然也有遇到可以信任的人的缘分和运气。"

那个人肯定就是身为共同经营者的多莉。然后——"有的，可以信任的男人。"那天晚上，崇子坚定地说的这句话。充满确信的声音，听起来好像在指某个特定的谁。所以那时宁无意中目不转睛地盯着崇子。

缘分与运气。美香反复咀嚼着刚刚听到的这两个词。高中退学、离开家、开始一个人生活，在公寓中遇到后来成为美雨父亲的那个男人，这些都是缘分吗？在那个超市工作，遇到粕谷、主管、三上也是吗？来到上原也是吗？来到上原不是自己的意志，只是照别人说的做了而已，正因如此，将我们母女带到这里来的，就是刚才宁口中说的缘分、运气吗？说起来，运气与搬运是同一个运字。缘分与运气。美香又一次，在心中重复了这两个词。

"十年过后，我也能像她那样的话就好了。而且十年之后的话翔十九岁。不管怎么样的问题儿童都会毕业的吧。说回来，他不毕业的话我就难过了。实际上我希望他明天就毕业。每天每天，都如祈祷一样在想这件事。"说着说着，万起子又笑了起来。

"我也是。"美香也说。几个小时之前的美香明明还在想："你们不会明白。"

煮饭的味道飘过来，最终电饭锅发出"哔哔"的饭煮好的电子音。美香的肚子咕咕响。

"饿了吧。"宁说。

"只有米饭和味噌汤，早饭吃这个可以吗？"万起子说完，宁就习惯性地在桌子上摆起了筷子和碗碟。

"饿着肚子迎来的早餐果然还是米饭和味噌汤啊。那我开动了。"

"我开动了。"美香也说。她刚开始吃，忽然放下了筷子。

"小菜不够吗？冰箱里有纳豆。"万起子对美香说。

"啊，不是，菜够的。"

"不是这个，万起子。谷本小姐从刚刚就在惊讶，万起子居然会做饭，还会做味噌汤。是吧?"

"不。啊，是的。很惊讶。"

"讨厌，小美香。"万起子说。

万起子没有注意到自己叫的不是谷本小姐，而是小美香。

被叫的美香当然注意到了。不仅如此，听到这句话的瞬间，甚至觉得身体中的血管扩张，身体膨胀得软乎乎的。

至今为止叫自己小美香的有三个人。绫濑店铺最初的店长粕谷和主管，然后还有兼职员工三上。其他人都叫自己的姓谷本，上原店这里谁都这样称呼自己。

母亲叫自己美香。美雨的父亲也是。因为从来没有所谓亲近的朋友，同班同学中也没有人亲昵地叫过自己小美香。

"你肯定觉得我从来都不做饭，觉得我不可能会做饭对不对。但不是哦。"

"确实不是，我昨天就知道了。但是很意外你会做米饭和味噌汤。"

"因为啊，翔说不是米饭的话就不吃早饭。所以每天早上必不可少的就是米饭和味噌汤。"

"好厉害。"

"一点儿也不厉害。"万起子说，"午饭是在学校吃食堂，夜里几乎都随便吃。电视台的便当要是有剩的话就带回来给翔吃。感觉均衡饮食都靠中午那顿饭了?"说完笑了。

虽然煮米饭、做味噌汤是应翔的要求，但万起子心知与其说是为了翔不如说更是为了自己。因为没有别的可以让自己不动摇的方式了，不管是彻夜工作，还是睡眠不足的早上，或是被班主任叫去学校的心情沉重的早上，万起子都会将米放进电饭锅中，给翔准备好煮好的米饭。

刚过七点半，宁和美香离开了万起子的家。宁去娘家把女儿接回来，美香要先回一趟公寓换个衣服去上班。星期天的早上，路上没什么行人。在路上并肩走着，宁问："星期天一直都要上班吗?"

"是的，虽然可以一周休息两天，不过我因为不上晚班，个人原因事情又多，就一周只休息一天了。不过这天还是能拿补贴的。明天美雨调休，所以昨天还有今天都决定去上班。"

"通宵没休息，没事儿吗？"

"没事的，我还年轻。"

"是啊，确实是年轻。"宁笑着说。

"公司给了特别的优待，所以不得不努力工作。"美香也微笑着说。

宁注意到，美香的表情经过了一晚变得不一样了。身体当中积累的东西排遣出去之后，人的表情能变得如此不同。很美，宁想。

"我决定告诉美雨。"

"美雨父亲的事情？"

"是的，我一直觉得美雨变成这样，或许是我的错。因为，那天早上关系还很好。但是，我觉得美雨是不是注意到了在她父亲这件事上我对她撒了谎。一般来说，最开始就应该考虑这个可能性的，但是我没有想到。本来只是一个安抚美雨的故事，不知什么时候起我都以为是真实的了。"

"真实?"

"我跟美雨说她爸去世了,留下我们母女。在不断告诉美雨这个故事的时候,连我都觉得是事实真的是这样了。但是,得好好说才行。"

"是啊,"宁附和道,然后说,"不过,也许原因是别的事情。如果是这样的话,告诉美雨事实的话也不知道行不行。"宁想,自己为什么只会说这种轻描淡写的应景话呢。

"就算是有别的原因,就算因为告诉她事实会伤害她,但还是说出来会比较好。把活得好好的人说成死人的话,没办法好好面对这件事。昨天,我考虑好了。至少要告诉美雨他还活着,至少。"

"美雨要是说想见他呢?"

"我会说我不知道他在哪儿。本来事实也是这样。但是,如果美雨问他是不是不知道美雨,我会说他不知道。就算是事实,也有不能说的,对吧?"

宁想说如果有什么可以帮得上忙的尽管说,但是又想到她什么忙也帮不上,所以只是点了点头。

在车站高架下,二人道了别。分开的时候宁说:"加油哦。"说完立马就后悔了。但美香回复说:"我会加油的。"

然后微微举起了攥着的拳头。

宁到了父母家，没有摁门铃，直接推开了白天一直都不锁的门，说了一声："是我。"

结婚离开这个家之后，回到这里走到门口，总觉得说"我回来了"也不是，说"你们好"也不是。

和离了婚的丈夫之前一起回来的时候，他会用清脆的声音爽朗地说"你们好"或者"晚上好"，宁会在旁边嚅动嘴唇跟着说。杏会说话之后，她会大声地说同样的话，就算丈夫离开以后，不是三个人一起回来，只要杏在的话也不会有困扰。

宁困惑的是，像这样来老家接孩子的时候。因为已经离开这个家太久，"我回来了"来说有点远，"你们好"也有不自然的感觉。最后宁想到了"是我"这个打招呼的方式。这也是打电话回来的时候说的第一句话。

"是我。"

忽然听到一声"啊，妈妈"，然后在走廊看到了满面笑容的杏。

"好早呀，妈妈。刚刚才和姥姥说妈妈有可能要傍晚才能回来呢。是吧，姥姥?"

杏转回头寻求姥姥的意见。宁的母亲也和杏对视说了一句"是呀"，然后问宁:"早上就回来啦。"

这也算是早晨回家吗，时间是早上九点，要说的话也是。

"嗯，从万起子那里直接回来了。这样比较省事。"宁回答。

从代代木上原来到位于藤泽湘南台的老家，坐小田急线直达。本来现在也住在同一条线上的狛江。

"哦，早上回来的啊。"在起居室的父亲和母亲说了几乎同样的话。

"嗯啊，是啊。"宁回答说，看着桌子上的黑白棋盘。白色压倒性地多。

四年前父亲以破格的低价将店铺连同店名都让渡给了厨师长，自那以来都过着悠闲自在的日子。退休以后，两人频繁地出门旅行，期间在离家车程十分钟的地方找了个菜园，开始侍弄起了家庭菜园。可能因为是比较容易热衷于一事的性格，虽说是家庭菜园，却相当认真地在伺候，现在蔬菜种类和收获量都多到了老夫妇两人吃不完的程度。无农药的新鲜蔬菜也会一周一次送到宁那儿去。

"和姥爷一起在玩黑白棋，姥爷特别厉害。"

和小孩儿玩也不放水估计也是天生的性格，宁苦笑。

"杏是黑棋?"看着棋盘宁问。

"白棋。"杏回答。

"看着要赢啊。"宁说。

"只是看起来而已，"杏回答，但还是问外祖父，"对吧，姥爷。这个，杏要赢了吗?"

"到底会怎么样呢，杏也许会赢，姥爷也有可能赢。胜负这个东西啊不到最后是看不出来的。"

"啊，说谎，姥爷明明在笑。果然杏要输了。妈妈，姥爷肯定会在最后一步反转的，看着吧，这片全都会变成黑棋。"

明明输的是自己，杏的口吻却很骄傲。

"哪里我看看。"说着，宁注视着棋盘。

果然走了两步，棋盘上全是黑子了。

"我说吧，妈妈也要玩吗?"

"不用了，妈妈去睡会儿。"说完，宁走上了二层。

宁的房间还是结婚离开家之前的老样子。房间里有桌子、书架和床，桌子的抽屉里虽然空了，书架上现在却仍然摆满了书。小时候读过的书都还在，不知不觉宁抽了一本读了起来。因为喜欢而带回狛江的书也有好几本，其中特别喜欢的是绘本《黑兔和白兔》[①]。

原作书名是 *The Rabbits' Wedding*。黑兔喜欢上了白兔，但是黑兔没有白兔喜欢自己的信心。所以黑兔见到白兔的时候就会伤心。某天，黑兔求婚了，心想肯定会被拒绝的。但是，白兔很干脆地答应了求婚。下一页。黑兔睁着大大的眼睛非常震惊。杏喜欢这一页。

"我喜欢这只兔子的这个表情。"每次翻到这一页杏都会这么说。

喜欢这只兔子的这个表情的不只是杏，宁小时候也很喜欢。就在下一页了，每次想到这里小小的心脏就会怦怦跳。宁喜欢的不仅仅是这个。黑兔喜欢白兔，非常喜欢。明明很喜欢，却没有变得开心，而是悲伤，这点让宁的心

[①] 　美国作家加思·威廉斯（Garth Williams）作，1958 年出版。

情难以言喻。杏虽然没有说，可能也有这种感觉。

　　宁干脆地脱了衣服躺上床，刚洗过的床单和软乎乎的被子包裹着自己，宁很快睡着了。睡着的瞬间，脑中掠过了在代代木上原站分别的谷本美香的身影。

　　醒来的时候已经下午三点了。明明睡了将近六个小时，头脑和身体都还很沉重。宁走下楼梯，想洗个澡清醒一下。

　　母亲坐在餐桌前在看重播的电视剧。家里没有父亲和杏的身影。

　　"杏呢?"

　　"刚刚和你爸爸一起去田里了。摘点菜回来给你带回去。"

　　在孙女面前已经是"姥姥""姥爷"的二位，平时仍然互称"爸爸""妈妈"。"年纪这么大了还这么喊？孙女都那么大了。"不记得什么时候宁这么取笑过，但就算是宁，现在在父母面前也还是喊"爸爸""妈妈"。

　　"虽然很感谢吧，不过拎回去很重。"

　　"你爸爸起劲儿说要开车送你们回去呢。"

　　"真的吗，那我可得多拿点儿。"宁说。

"嗯嗯，多拿点儿。你爸爸也高兴，妈妈也省事。啊，给你泡杯咖啡吧?"

"嗯，麻烦了。"

宁展开今天的早报，报纸是已经打开过又折好放在桌子上的，头条是昨天夜里电视上速报报道的事件，详细地记载了从母子三人平时的状态，到母亲丢下孩子们到了什么地方做了什么事的整个过程。还描述了孩子想要打开大门，但没能够到门的小小的手留下的痕迹。但是，正如美香指出来的一样，关于孩子父亲的记载连一行都没有。

"真是不清不楚。"宁自言自语。

"哎，真是受不了吧。"母亲说。

"嗯?"

"那个事件啊，你看，把孩子丢在家里自己出门。孩子得饿成什么样子了啊。锁上门出去什么的，真是不知道怎么能做出这种事。"

"嗯。"宁暧昧地回答。

报纸上确实是说二十一岁的母亲为了玩离开家，三个星期都没有回来。

将小孩子留在家里锁上门出门的话，肯定明白将会发生什么。昨天自己的确是说那明显是犯罪。就算不是自己主动地亲自下手，肯定也是有见死不救的自我认知的。

报纸上说之前母亲出门不在家的时候也留过这两个没有上保育园的兄妹看家。

也许，她在出门的时候，是下意识地把门锁上了。那个时候也许只是像往常一样行动而已。或者，本来准备第二天早上就回来的，所以把门锁上了呢。想从眼前透不过气的现实当中，想要稍微轻松一下，只玩一个晚上，只一晚养好元气后再接再厉。宁想，这样的事就算是自己也有过。

那个母亲说不定也是一样。一晚变成两晚，再拖延一天，不知不觉就没有办法回去了。因为那里恐怖的现实，不是以往可以比拟的。不用看也知道。她肯定也知道，就算是不看，也是见死不救。

自己和她的差别就在能不能只待一晚。但是，在这之前差别就已经存在了，自己在这种时候，有可以帮忙照拂孩子的安全又温暖的地方。自己度过秘密之夜时，杏在外祖父母这里享受着优渥的庇护。

"来，你的咖啡。"

"啊，谢谢。"宁回答完，折叠好刚刚读过的报纸。母亲将一个杯子放在宁的面前，一个放在自己面前，坐回了刚刚在坐的椅子上。

"哎，宁。"

"嗯?"

"有遇到合适的人吗?"

"怎么了这么突然。怎么可能有什么合适的人啊。"宁回答。

"因为，你已经正式离婚了啊。"

"妈妈，我离婚的时候，不是说了不想要找别人了吗。最重要的是，杏马上要到关键时期了。就算再怎么小孩儿气，马上就到青春期前期了。然后很快，就会谈恋爱。所以啊，你要是期待这种事啊，还不如期待杏呢。"宁嘻嘻哈哈地笑着说。

"现在就挺好的，你还年轻，妈妈爸爸也都还健康。但是你也不会一直都年轻啊。"

"那个，妈妈。"

宁想要插嘴，母亲没有管她继续说了下去。

"杏也不会一直都是小孩，但是与此同时，也不是一直都是关键时期啊。妈妈觉得等杏结婚以后再一起生活也可以啊。"

"稍等一下啊，妈妈，杏结婚，得多少年以后啊。要十五、二十年呢。虽然现在没有恋人吧，就假定说我有吧，然后假定说我恋人想要结婚吧，什么要等到女儿长大成人以后才能一起住，在那之前就先交往，这么便宜的事情，我是男人我也不干。"这时候宁还在笑。

"因为啊，宁，你爸爸说，你老了以后一个人不是很寂寞吗。"

"爸爸？"宁忽然想起决定离婚的时候父亲说的那句话。母亲不管说了什么，都不觉得什么，但爸爸这么想，说实在的，不得不在意。

从那个时候开始的，宁想。小时候就觉得父亲不太关心自己这个独生女儿，从那个时候父亲问自己是不是悲伤的时候开始，对自己来说父亲真正像个父亲了。不是父亲有了什么变化，而是一直以来父亲都比自己想象的要好，是那个时候才终于注意到的。

"但是妈妈，就算是过了一辈子的夫妇，到最后也会变成一个人。那样才更难过吧？说起来津田沼的阿姨，不就是在姨父过世之后才更精神的。我和她一样。"

津田沼的阿姨是母亲最大的姐姐。一直依赖的丈夫死去以后，也哭天抢地了一阵子，不过第三年的忌日的时候彻底精神了，最近热衷于跳舞，一天不跳都不行。

"说起来也是。"母亲小心地说，"但是，你还年轻啊。"

哎，不是说上了年纪之后才会寂寞吗？

"好了知道了，再找新的男人这事儿我记住了。我洗澡了啊。"

事实上，宁有段时间确实有交往的男人。在大型出版社工作，比宁稍大几岁的独身男人。虽说是独身，也离过婚，前妻带着女儿生活。

宁与男人是旧识，是二十多岁时认识的。男人任职的出版社要做营销用的小册子，请托宁工作的编辑工作室负责，男人时不时会出现在宁所处的公司。男人很知性，有风度又干练。虽然看着不是开朗的性格，但是交流的时候经常说些幽默的笑话，很善于缓和气氛。宁暗暗地为这样的男人所吸引。

男人有家室，宁当时也有靖彦，而且靖彦的存在当时已经半公开了，所以宁没有告诉任何人对男人的感情。也是因为这感情也没有深到可以对别人说的程度。

但是，平时对宁很好的上司，好像注意到了宁那时的感情。一起吃午饭的时候，她像在说什么八卦一样说："那个人啊，听说有很多流言蜚语。"

宁听出来上司的意思是喜欢上那个男人很危险。

"啊，我明白，因为他人很棒啊。我的男朋友根本连他的脚底都比不上。"宁也回答。

"是吗，不过那种男人是挺受女人欢迎的。"

口吻像是在说工作上的话没有什么问题，不过私人方面无法信任。

虽然上司好像很为自己担心，不过结果证明那只是杞人之忧。宁与这个男人之间什么都没有发生，也没有过任何让人浮想联翩的行为。最终宁与靖彦结婚，男人经过社内转岗，工作上不再见面之后，也就再也没有见过他。

自那之后宁完完全全忘记了这个男人，直到过了七年的某天男人突然打电话过来。男人知道宁成为自由职业者之后，要请她帮忙做一件很急的工作。需要把财经界人士对谈的录音整理成三十页左右的稿件。男人说："非常抱歉，不知道能不能三天以内做完给我呢?"

　　如果接受的话，要做好至少通宵工作一晚的觉悟，平时一直在做的工作也会变得紧张。即使如此宁也没有拒绝。一方面是因为之前就下定决心不管什么工作都尽可能接受;另外一方面是因为，心里还是想再见这个男人。这个想法意外强烈，连宁自己都很惊讶。想着，明明之前连想都没有想过的。

　　经过多年的岁月再见到的男人，脸上可以看出这些年岁月留下的痕迹，看着有些疲惫。虽然看着疲惫，但男人的魅力非但没有减少半分，宁反而觉得比初见的时候更有魅力了。

　　为了拿录音约在了咖啡店见面，聊完了工作的事情之后开始东拉西扯，宁知道了男人已经离婚了。

　　"那之后你呢?"男人问。宁告诉他自己结婚了，有一个上幼稚园的女儿，但没有说出和丈夫分居的事。没有想隐瞒的意思，只是男人先说出了离婚的事，自己反而难以说出口了。

　　宁说出这件事，是在工作结束之后，男人请宁吃饭的时候，以为给她强人所难的工作赔罪和完成工作的感谢为由。虽然宁自己觉得是话赶话自然而然说出来的，不是有意剖白，但是，在不知道第几次的床上，宁没能否认，那个时候绝对不仅仅是话赶话说出来的。

宁相当认真地喜欢上了这个男人。但是，宁明白男人完全没有正面接受这份感情的意思，而且，不管男人如何温柔地对待宁，宁也无法从心里信赖男人。尽管如此，宁还是不可自拔地喜欢上了这个男人。

比如深夜一个人工作的时候，宁会想象和男人两个人把所有一切都放下，到某个冷清的小镇悄悄地生活。明明是胡思乱想的白日梦，却都不能在梦中描绘出光辉的未来，宁就这样不幸地生活着。

与万起子不同，万起子每次谈新的恋爱的时候就会告诉宁，关于男人的事情，宁连万起子都不说。并不是因为不得不隐瞒，只是因为没有想说的欲望。宁也知道自己没有万起子那般直率的性格。

和男人的交往持续了两年以后，结束了。虽然不是两个人经过交谈确认了恋情的结束，但宁心里明白。然后，淡然地接受了。宁觉得，总有一天必须要结束的，那么就是现在了。

泡在热热的水里，宁回想着男人的事。刚分手的时候一想起心口就会狠狠绞痛，但是时间流逝，痛苦的感觉也渐渐没有了。现在只留下了曾经痛苦过的记忆。

早早吃完了晚饭，夜里八点刚过，宁带着父亲精心培育的蔬菜和杏回到了狛江的公寓。烧洗澡水的时候，宁让杏准备一下明天要带的东西。躺在沙发上看电视的杏抱怨说："洗完澡以后很快就能收拾好的。"不过一开始收拾，就小声喊了一句"啊"，然后说，"妈妈，糟了，砂糖忘记了。"

"砂糖?"

"嗯，白色的砂糖。"

"白色的没有。家里只有褐色的。"

宁认为白砂糖和三温糖①都对身体不好，所以一直用的都是红糖。

"啊，糟了，店还开门吧?"

"还开门呢，但是褐色的不行吗? 虽然是褐色的但也是

_____

① 三温糖：以制造白砂糖后剩下的糖液所制，日本特有的砂糖。

砂糖。"

"老师说得要白色的。"

好像是理科实验上，一个人要用十克左右。虽然问"什么实验"，杏也回答不上来。不管怎么样，宁不太想为了仅仅十克平时都不会用的糖跑出去买一趟。

"要是在姥姥家说的话，就问姥姥要一点回来了。"

"刚刚收拾才想起来的。"

"你看，早点收拾比较好吧。洗完澡出来再收拾的话就晚了，没办法了。"

"嗯。妈妈去买吗?"

"不，妈妈去拿一点回来。"宁回答，从纸箱中拿出了父亲精心培育的颜色鲜亮的茄子，还有新鲜的莴苣。

因为平时就经常和邻居分享一些东西，宁拿着收获的蔬菜，到邻居家，拿到了白砂糖。宁拿到厨房，用食材计量秤量出了正好十克，放在了可以密封的小袋子里递给了杏。杏又将它放进小塑料袋里，然后装进了书包，一边说："哎，妈妈，有杏采摘回来的蔬菜真是太好了对吧。"这话语气好像错的是宁一样，宁有点不带好气地说："啊，对。"

　　和杏一起坐在浴槽里的时候，宁在想谷本美香的事。美香顺利地告诉美雨她父亲还好好地活着的事了吗？美雨知道了以后会怎么想呢？还是就像美香想的一样，美雨已经知道了这件事，因此才封闭了自己的内心的吗？和杏同年的美雨。

　　"哎，杏。"

　　"什么啊妈妈，有什么好事吗？"

　　听了杏的回答，宁不禁微笑。

　　"不是，不是什么好不好的事情。"

　　"什么吗，没意思。"

　　"别这样说，听我说。杏，你最讨厌别人怎么对你？"

　　"谁啊？"

　　"嗯——比如说妈妈。"

　　"妈妈对我？那就是说谎吧。"很奇异地，杏干脆地回答了。

　　"是吗，也是。"

　　"是的呀。别忘了啊。"

　　"嗯，不会忘的。"宁回答。

　　在谈秘密的恋爱的时候，不知道跟杏撒了多少小小的谎言。还有跟帮忙带杏的母亲也是。谎称是因为工作。

就算本意不是想要欺骗，也有无法说出事实真相的时候。怎么可能和杏说，妈妈要去见自己最喜欢的男人呢。宁想到，不知道什么时候还会说这种谎的吧，然后摇了摇头。

"怎么了妈妈，头怎么了？疼吗？"杏担心地问。

"没什么。"宁回答，然后对杏笑了笑。今后不会发生不得不撒谎的情况了吧。但是不知道。靖彦离家的时候，和再次相见的男人恋爱的时候，都没有想到过会发生这种事。至于明天会发生什么，真的不知道。

"泡太久了，我们出去吧。"宁说着，站了起来。

洗完三个人的碗碟以后，万起子决定先睡到中午再说。星期天的早上。没有节目要录，也不用收集物料，彩今天也休息。今天稍微悠闲一点也可以。

躺在床上以后，可以感觉到丝丝疲劳从身体中央移动到四肢。像是要把二十个指尖上的疲劳排出体外一样，万起子一下子深深地伸展开双手双脚。嗯，感觉不错。紧张的身体忽然舒展开，一下睡意就袭来了。万起子注意到自己之前竟叫了谷本美香"小美香"就是在这个时候。

是二十九岁吧，真年轻。这个年纪我还没有结婚。做着微末的工作，虽然没什么钱，不过也没什么可怕的事。因为那时候只想要更加努力工作，能做更多的工作。然后当然也在恋爱。二十九……想到这里万起子终于失去意识沉沉睡去。

刚好四点的时候，来了个电话。应该三点回来的翔还没有到家。就直接留在学校玩儿了吗，还是去朋友家玩儿了呢，万起子刚好在想这个问题。

"喂，您好，是西岛女士吗？"

听到熟悉的声音自电话那头响起，万起子的心情一下子黯淡下来。声音的主人是翔的班主任。

"您好，我是西岛。"

"我想和您谈一下翔的事情，不知您现在方便吗？"

"没问题。"翔又闯什么祸了。是让别的小朋友受伤了吗。

“实际上，翔带了钱来这回的移动教室。这次是禁止带零钱的。这件事之前和小朋友们直接说过，在小册子上也写了。”

我知道，万起子想。水瓶、便当、替换的衣服、睡衣、毛巾、洗脸用品。看着小册子准备必要的东西的不是翔，是自己。万起子没有说“我知道”，只是回答了“是的”。

“小翔妈妈，难道，您给了他零钱吗?”

“不，我没给过。”

“是吗。数额挺大的……大概有三千日元。对小孩来说金额算不小了。”

“是。”

三千块。翔有那么多钱吗? 压岁钱几乎一到手就买游戏软件了，每月的五百块的零用钱也经常缠着说不够用。

“如果仅仅是带过来的话，当然这也是不允许的，如果仅仅是带着的话还好，但翔全都花掉了。”

“是说买了些什么东西吗?”

“是的，而且不是一个人去买的。他带着一个组的男孩，在便利店买了零食、果汁。因为在小组自由活动的时候，全组的人都出去了，组里的女孩们告诉我男孩都不见了，然后我去找，最后找到他们在便利店买东西吃。"

"那个，花的真的是翔的钱吗？"

"是的，翔，还有其他的孩子都是这么说的。您有什么疑问吗？"

"没有，给您添麻烦了真的对不起。他回来以后我会和他好好说这件事。"

"嗯，请您好好说一下吧。虽然我已经和他说过了，您在家还是好好说一下吧。"班主任老师说完后就挂了电话。

万起子不禁深深叹了口气。昨天夜里，三个女人在一起度过了一晚的时间，每个人感觉心走得更近了的时间，连度过了这样珍稀的时间的心情也被毁掉的感觉。

肯定的，万起子想，只要我心情一变好，翔就肯定要搞出什么事情来泼我冷水。

万起子急躁地等着翔。大概是讨厌被骂，所以在什么地方耗时间吧，翔一直没有回来。明明不是晚归就能不被骂，真是笨。这样一想，心里更急躁了。

六点过去很久以后，翔终于回来了。"我回来了。"这声音和平时没什么区别。是觉得万起子还不知道吗？

翔进客厅的时候，万起子坐在沙发上没有动，招呼说：

"挺晚。"

"嗯，和小池在公园玩儿呢。"翔快活地回答。

"嗯，玩到太阳下山？外面天已经全黑了吧。"

"公园那边有灯。"

"然后呢，移动教室玩得开心吗？"

"嗯，特别开心。"

"玩了什么这么开心？"

"什么什么啊，玩了各种各样的都很开心啊。老妈，你话说得很可怕。"

"是吗，为什么觉得可怕呢？"

"我才不知道。"

"不可能不知道吧！"万起子怒吼，狠狠敲了一下沙发前的矮桌。

"老师已经来过电话了。说你带钱去，带着其他小男孩一起去买东西吃。明明说过不可以带钱去的对吧。你为什么还要带去？"

"大家约好了一起带去的。"

"大家都是谁？"不知道是不是因为一开始就没有这种约定，翔答不上来。

"然后呢，那个'大家'带了吗？"

"没带。"

"这是当然的吧，明说了不可以带。为什么就你不懂呢？只有你违反规定带钱过去，甚至还叫其他的小朋友一起买东西吃。说到底，那个钱到底是哪里来的？"

"什么哪里来的……是我的。"

"说谎。你不可能有那么多钱。"

"我有。"

"不可能有，每天缠着我说零钱不够的人怎么可能有三千块？还是说你骗妈妈说你没有了，在偷偷存钱？"

"我才没有。"

"你看看你看看，果然没钱不是吗？"万起子把翔逼到死胡同，让翔坦白了他是从万起子的钱包里偷偷拿的。

"翔，你知道你做了什么吗？你做的那是小偷的行为。甚至还面不改色地撒谎。"

"就算是爸爸也做过啊。"翔说。翔现在喊万起子都是喊"老妈"，但依然亲昵地喊父亲为"爸爸"。那个男人在翔改口喊"老爸"之前就不在了。

"那是什么话？"

回答不用听都知道，那个男人，在翔眼跟前，若无其事地从我的钱包里拿钱，轻蔑地觉得翔肯定不知道他在做什么。然后，还装作一分钱都没有的样子，问我要钱出去喝酒，为了在那群不好对付的演员朋友们面前充门面。结果就变成了这样。这次的事件性质和之前完全不同。这样想着万起子心情愈发惨淡。

　　"行了，过去吧。"万起子连翔的脸都没看。

　　"对不起，妈你讨厌的话，我以后不做了。"

　　"啊，真是。"万起子发出绝望的声音。这个孩子还是没懂，"不是我讨厌所以你不能做。说谎还有偷东西都是不可以的。偷别人的钱，这是绝对不能做的。"

　　"不是别人的钱，是妈的钱。"

　　"不是你的钱吧?"万起子的声音歇斯底里，"不是你的钱，那就全部都是别人的钱。"

　　"知道了。"翔怒吼，把背在身上的书包扔到沙发上，离开了客厅。

　　"翔!"万起子也怒吼回去。

电话响起的时候，宁刚想睡觉躺在床上没一会儿。这个时间来电话，除了万起子不作他人想。宁起床到了书房，拿起了分机。

"不好意思，睡了吧?"

"没有，刚想睡，没事儿。"宁边走着边回答，回到了卧室。上了床，靠在听筒上，调整成了一个预备打长时间电话的姿势。

万起子把移动教室的事从头到尾毫无保留地说完，问："到底今后会怎样啊?"

"怎样……"

"你懂的吧，这次的事情性质和之前完全不一样。无缘无故逃课，或者在理科教室闹出放火事件，虽然这些也不是轻易就能放过的事情，怎么说呢，这些感觉还属于单纯天真。今天的事就不一样了，明明告诉了他不能带钱，还是带去了。比起不遵守学校的规定，更严重的是他满不在乎地说谎、偷钱。我真的好震惊。不敢想今后会怎么样。"

放火事件的时候万起子也和宁说过，走错一步的话事情就严重了。宁想起这件事，静静地听着。实际上，一部分家长看翔已经像是在看放火犯了。

"是说翔以后会怎么样吗？"

"是啊。"

"因为他说谎了？因为他偷钱了？"

"是啊，这完完全全是犯罪了。"

"太夸张了吧。翔不是那样坏的孩子。"宁说。宁觉得万起子希望谁——也就是说自己——来否定自己的说法。

"不是，这还是第一次发现，说不定之前他已经偷过，学那个家伙。早知道就不应该结婚。"

"你那个时候也是想结婚才结的。我知道你担心翔，但是翔不会有问题的。"

"每次翔做错事的时候，宁你都跟我说他不会有问题。为什么这么想呢？还是说你觉得这样说会比较好？"不管工作还是恋爱，都那么自信满满的万起子，一遇到翔的事情心就乱了。每次出什么事，都会生翔的气，变得焦躁。

"我们也撒过很多谎。"宁说。说的时候说不定有点生万起子的气。

"什么?"

"也从父母的钱包里偷过钱。"

"谁?"

"我。"

"骗我呢吧，真的吗?"

"真的。万起子没有过吗?"

"谎是说过。但是，父母的钱实在是没有动过。"

"我有过。好像是四年级的时候，送来我家玩的朋友去车站的时候，那个孩子说要在车站大楼那里两个人买什么一样的东西。父母都不在家，也不想问家政阿姨要钱，另外我还知道我妈的钱包在父母卧室柜子的包里。不知道我妈发没发现这件事，估计是没有。因为在很多一千块的纸币里抽出了一张，偷钱也只是这一次。"

"原来是这样。"

"是的。孩子会撒谎（就算是大人也会。自己、万起子，还有谷本，宁觉得都在撒谎），也会做坏事。你好好和翔谈过了吧?"

"不知道算不算'好好'谈过。就算是跟他说话，感觉他也没有往心里去。我拼了命在说，就算翔说他知道了，感觉也是嘴上说说而已。最后两个人都会崩溃暴怒。真的，就只是嘴上那么说知道了。这种地方最像那个男人，果然结婚还是错了。"

宁心中默默地想，都已经结过婚，孩子都生了，现在说这话有什么用。

"我不觉得没结婚就好了。的确那个时候挺难过的，但没有后悔过结婚这件事本身。"

"我也不想后悔啊，但是确实会啊。仅仅是想起来就会生气，更何况翔似乎越来越像那个男人，真的恐怖。"

"没事的，翔身上不也流着你的血吗？话说回来这事儿就够恐怖的了。"宁笑着说。

"你一直都这样说，然后从来不说自己的事。"

"我刚刚不是说了吗？"

"也是。不过你总是说已经过去的事，你在痛苦的时候从来不会说你痛苦。"

"你是说我一直只说无关痛痒的话吗？"

"不是这个意思。但是，谢谢你听我说话。我什么都会说，我也知道这样有时候也不好。刚刚也给你添麻烦了吧。"

"麻烦真的说不上。虽然说不上，但是，人不就是互相给对方添麻烦活下去的吗?"宁说。

"明明你都不给别人添麻烦。宁一直自己藏着。"

"因为我小气啊。"

"真是。"万起子轻轻笑着说,"这么长时间的电话,不好意思啦,睡吧,晚安。"听到宁说完"晚安"以后,万起子挂了电话。

宁把听筒放回去以后,觉得心里还留有疙瘩。不是有话没有说完,也不是故意隐瞒了什么事情。是因为对万起子的感觉本身存有隔阂。宁觉得恐怕万起子也和自己一样。

不会再像年轻时候那样明明白白吵架了,但是,光凭语调,就能清楚对方的想法。然后双方也都明白对方已经清楚了自己的想法。

睡不着,宁在厨房调了一杯兑水拉弗格①,又回到了床上,靠在床头慢慢喝了起来。在艾雷岛上蒸馏出的单一麦芽酒,带有浓郁的烟熏味道。就像是消毒药水一样的这款威士忌,宁很喜欢。

"一点也不说重要的事。"小时候母亲也这样说过宁。

---

① 拉弗格:苏格兰艾雷岛单一纯麦威士忌。

"无关紧要的事倒是会说。"母亲补充说道。正因为无关紧要才能简单地说出口，但是，紧要的事情就不会这么轻松说出来，宁小时候想过。这么想本身也不是无关紧要的事，所以也从来没有说过。

然后宁带着这种倾向长大成人。即便如此，宁对万起子还是说了不少心里话，虽然不是全部。除了万起子之外，宁没有其他的朋友。今后，估计也不会有。

宁慢慢地喝了一口威士忌。宁想起了自己小时候。

尽管从母亲的钱包里偷过钱，但谁都说宁是个好孩子。在学校不会惹一点麻烦，对父母也从来没有反抗的态度。归根结底，记忆中宁没有过叛逆期。

后来自己也忘了自己偷过钱，不只别人觉得自己是好孩子，连宁自己也这么觉得。做个好孩子比做坏孩子要轻松多了。只要是好孩子，谁都不会来管宁。不管是双亲、家政阿姨，还是学校的老师。小时候宁就知道，谁都不来管自己，就意味着自由。

宁又想起了翔。与宁小时候完全相反，完全称不上好孩子的翔。源源不断地制造问题，令万起子感到棘手、慨叹的翔。每次，都让万起子后悔结婚的翔。

"妈妈说会来接我，所以我要等，我不能睡。"宁想起了几年前帮忙照管翔的时候听翔说过的话。坐在被子上，顽固地坚持不肯躺下，拼命的声音和宁手中的小手。

翔是坏孩子？是坏孩子，但是也是好孩子。万起子是坏孩子？坏母亲？我是坏孩子？坏母亲？离了婚的母亲是坏母亲？那未婚的母亲又算什么呢？

不知不觉杯中已经空了，还一点都不困。但再喝的话，明天早上肯定会头疼。宁放弃了，把杯子放在床头柜上，躺下，伸手关上了床头灯。

黑暗中宁闭上眼睛想，这世上所有人都有点失常。如果失常这个词不准确的话，那就是扭曲。是为了应付这现实世界，应付各自的生活，不知不觉中扭曲的吗，还是自己乐意扭曲的呢？虽然不明白是哪个，至于为什么扭曲、为什么不得不扭曲，宁却明白。因为不扭曲的话，心会生病。为了不生病，人会扭曲。

七 孩子的理由

　　孩子也有孩子的理由。这个理由，孩子有时会说出来，有时不会说。恐怕大部分的孩子，大部分情况下都不会说出口的。

　　安冈杏也是这样。

　　比如在吃饭的时候，杏不小心碰倒了酱油瓶，酱油洒在了布制的桌布上。宁会立即提醒她："因为你东张西望，就会发生这种事。吃饭的时候要老老实实的。"

　　就算是这么小的事，杏也有自己的理由。不是因为自己东张西望才碰倒了瓶子弄洒了酱油，而且手（准确地说是手指）碰到酱油瓶的一瞬间，瓶子就倒了。它自己倒的。所以杏就照实说了。结果，对话就变成了后来这样。

"不要找借口。"

"不是借口，是理由。"

"那不是理由是谬论。"

谬论是什么？杏想。但也只是想想，没有问出来。也没有回嘴。要是回嘴的话，事情会变得更加麻烦。所以杏只是气鼓鼓地噘起了嘴。

然后，宁看到杏噘嘴的表情，说："应该先道歉才对吧？"

明明经常说不要轻易道歉，不是道歉就能解决问题，但是还是要求杏道歉赔罪。不矛盾吗？比起这个，自己想道歉的时候妈妈说不要道歉，自己觉得不用道歉的时候反而要求自己道歉。

当然，宁这样说也不是坏心眼或者脾气反复无常，杏也知道。即使是这样，在杏看来，宁的要求也很没有道理。

如果碰翻酱油瓶的不是杏而是宁的话，宁不会责怪自己，只是轻轻说一句："哎呀。"然后这事就过去了。就像不是自己的错，有别的什么原因一样。像是这才是酱油瓶自己倒下的一样。说什么"哎呀"。哎呀。杏在心里对宁说，碰到酱油瓶的是妈妈，太好了。

还有其他类似的事情，虽然不是特别多。不仅是妈妈，在学校也是。老师啊朋友，都会这样。没有办法一件一件在意这样的事情。

不，更重要的是，现在很和平，多少发生一些类似的事情也不至于就要怎样。不管在家还是在学校，不讨厌的事情总比讨厌的事情压倒性地多。家里有妈妈，学校有加奈，已经足够了。

杏想起小时候，宁留杏在家，宁自己出门的时候，杏每天都会不安。现在想起来那个时候的担心确实没什么必要。但是那个时候没有办法。每当宁说出门买东西很快回来，或者有工作必须要去外祖父母家，杏都会害怕宁就这么永远都不回来了。当然，宁出门买东西的话很快就会回来，工作结束以后也会来接自己。但是，还是每次都会害怕。

杏这么害怕宁不在身边也有自己的理由。那个时候父亲已经不回家了。不是不回来，而是不在了。这个世界上，杏可以依赖的只有母亲了。那个时候幼小的杏，还不会用语言向宁、向外祖父母传达自己的心情。

宁那个时候会把自己关到书房，不管杏怎么喊都不会出来。有时候还会边晾衣服边哭泣。"妈妈，怎么了？嗯？妈妈。"不管什么时候，宁都好像没有听见杏说话一样。或者，就好像杏不存在一样。

有的时候，早上会突然想起，帮杏向幼儿园请假，仅仅为了去泡个澡就坐上小田急罗曼史号去箱根。

杏虽然嘴上从来没有提过父亲，不过每天都在想父亲的事情。快乐的事情、高兴的事情，一想想很多。但是，杏觉得，为什么爸爸不回来呢，怎么样爸爸才能回来呢，这种想也没用的事情还是不想比较好。有时候会不自觉去想，不过也是没有办法。

现在的话，杏觉得可以安心地看着妈妈了。因为妈妈说的也不全都是正确的，所以有时候会想说出自己的理由，有时候会真的说出来，但是，不管说什么不说什么，杏觉得都没问题。

所以杏，毫不犹豫地把理由埋在了心里。

西岛翔的理由非常简单，始终都只有一点：学校好烦。

升入一年级以后，翔觉得自己相当成熟了，心里不由得骄傲。但是，这种心情没有持续多久。刚上小学没几天，翔就发现小学比保育园要麻烦多了。

这样的话还不如上保育园呢。首先，保育园有很多自由时间。现在，代替自由时间的是，小学有不自由的课程表，每个小时都要学习不同的东西。然后，这期间要一直坐在座位上。

虽然也有男孩叫嚷着好无聊让老师困扰，但我不会做那种事。为了不给老师和其他同学添麻烦我会离开教室。老师说因为不得不找回我，所以会耽误大家的学习。老妈也被叫到学校，被老师骂。然后自然而然之后我也会被老妈教训。

奇怪。所有的事情都很奇怪。我从教室出去，耽误的应该只有我一个人的学习。老师不要管我，尽管上课就是了。

但是，所有的事情都变成了我的错。说什么，因为我做了任性的事情，如果原谅了我的话，那么其他人都会模仿。虽然我不知道大家是什么情况，不过别人模仿我，也是我的错吗？

不记得是什么时候了，连老妈都说她的工作要是丢了都是因为我。明明是她常常说不要什么事都把责任推给别人。

每到这种时候，翔都觉得，老妈是不是认为如果没有生下我就好了？难道连我的出生都是我的错吗？

这种不满的情绪，在翔的心中翻腾。

翔不是没有想过，学校什么的索性就不去了能怎么样呢？如果所有的所有全部都不喜欢的话，翔绝对早就这么做了。但是，理科的课很有意思，中午吃饭到午休的那段黄金时间都完全放弃的话也太可惜了，所以翔每天还是会去上学。

到去年为止，有很多天翔都是和万起子一起去上学。万起子会直接进入教室，像教室参观日那样站到教室的后面。翔不讨厌万起子在教室，一点儿也不讨厌。翔心底里希望万起子能多点时间陪自己，也很高兴只有自己的母亲来了学校。所以翔时不时地回头看，确认万起子还在不在。

这样的翔，有时候也会害怕母亲会不会丢下自己不知道去哪儿，会不会抛弃自己。

那是翔刚四岁的时候。万起子已经是一个人在养育翔了，来了紧急的工作，保姆的时间也没安排好的时候，翔会被带到宁的家里照管。万起子一次都没有想过要拜托翔的父亲——已经离婚的丈夫——照看。因为那种男人嘴上胡说着什么万起子满不在乎地把孩子丢在一边不管，说万起子缺少母爱，明明他轻易地就放弃了监护权（或者说他从开始就没有要过监护权），不可能让这种人照看孩子。

"那工作结束以后来接你哈。"万起子说完就出去工作了。翔像往常一样开始和杏玩了起来。

吃完晚饭以后，又玩了一会儿，万起子还是没来接自己。万起子给宁发短信，正好是翔和杏在浴室泡澡的时候。

"估计要通宵了，翔今晚能在你那儿睡吗?"

"知道了，现在两个孩子在洗澡，洗完澡就带他们睡觉。"

宁给刚洗完澡的两个孩子做了可尔必思兑水，嘱咐说："喝完以后要好好刷牙哦，不然会长虫牙。"宁在想翔的睡衣怎么办呢，翔问宁："妈妈要来了吗?"这个时候翔喊万起子还不是老妈，而是妈妈。

"翔的妈妈今天会工作到很晚，所以，翔今天睡在阿姨这里好吗?"

"但是，妈妈说会来接我的。"

"嗯，明天会来接的。所以今天先和阿姨还有杏我们三个人一起睡吧。醒来的话就是早上了，吃完早饭妈妈就来了。"

翔没有回答。宁觉得翔是默默答应了，但其实不是。

约定好了的，工作结束以后会来接我，所以我会等。翔在心里暗暗决定。

但是，过了很久万起子还是没来。只有时间在慢慢过去，到杏嘟哝着说困了，万起子还是没来。

"翔，已经很晚了，到睡觉时间了。"宁说。

"今天妈妈说过会来接我。所以我在等。"翔回答。

"但是，很困了吧，杏也困了。阿姨也困了。"

"阿姨你们睡就好了。"

"好吧，那，一起去卧室等吧。"

翔乖乖听话了，不过只到这里。玩累了的杏瞬间睡着了，翔顽固地拒绝盖上被子睡觉，只是一直坐在被子上，睁着眼睛等待。

"睡着等怎么样？妈妈要是来的话我叫你。"

"不能睡。绝对，不睡。"翔坚持，说得好像现在睡着的话一辈子都见不到万起子一样。握着宁的手，要就这么坐着等万起子，但不知不觉开始困，最终沉沉睡去。

翔还记得这件事。平时是想不起来的，但突然一个瞬间记忆就苏醒了。不是因为发生了什么和记忆相关的事，没有前因后果，就那么苏醒了。然后翔的心脏肯定会狠狠蜷缩一下，心情变得酸涩。

要是说起来理由的话，谷本美雨比谁都有发言权。然后在不告诉人这一点上，也不会输给任何人。

美雨决定不和母亲说话的同时，决定在学校也不说话。

不是不想和朋友说话，尤其是和关系好的几个朋友，想说话到不行。但是，只和母亲不说话的话不公平，美雨选择了和谁都不说话。对于九岁的小女孩来说，这是非常合理，而且固执的决定。

除此之外，美雨还实践了其他对自己的要求。要求有两个。一个是要说"早上好""再见"这种最低程度的问候，另一个是独处的时候要出声练习说话。

　　第一个是因为要有必要的礼貌。另一个是因为如果习惯沉默了的话，恐怕会变得不会说话。因为自言自语没有意义，所以美雨会自己和另外一个自己，或者想象出虚构的某个人说话。

　　这样度过每一天，美雨在等待着美香告诉自己事情的真相。

　　"爸爸在和妈妈订婚之后，因为交通事故去世了。"美雨最初问美香父亲的事的时候，美香是这么说的。央求看照片的时候，美香回答说爸爸学习很忙，妈妈工作也很忙，没有想起来拍照片。得到了这样的回答。

　　即使这样，美雨只要问父亲的事情，美香都会不厌其烦地告诉自己。

　　美香也有回答不上来的事情。比如，去世的爸爸的墓在哪里，爸爸的爸爸和妈妈，也就是美雨的祖父祖母现在在哪里，美香都不知道。美香也没有隐瞒自己不知道。美香说，因为在爸爸介绍美香给祖父母之前，爸爸就遇到了事故。

　　美雨一点也没有怀疑过这些。

　　但是，刚刚九岁之后的某天，美雨发现了一张照片，是在壁橱的下层，作为整理架使用的塑料收纳盒的最里面找到的。

那天，美雨比平常都要开心。生日过后的第三天，美雨穿上了美香送的半袖条纹连衣裙。生日那天晚上美雨把裙子放在枕边睡觉，第二天不断地叠起又展开，看了又看。

"衣服不是留着看的，是要穿的。明天穿去学校怎么样？"

美香这么说之后美雨就穿上连衣裙去了学校，班里好几个女生都夸了自己。美雨开心地觉得不仅是衣服，连买衣服给自己的母亲也受到了夸奖。

朋友们喊自己一起玩也拒绝了，美雨着急地赶回了家。因为在美香结束工作回来之前，有事情需要完成。为了感谢妈妈，美雨打算做一张卡片送给妈妈，一打开就能看见画儿的那种。美雨还特地从学校的图书室借回来了《立体绘本——轻松制作弹出卡片》。

美雨经常去图书室，用一本接一本的劲头读着图书室里的书，和图书室的管理老师关系也很好。还很年轻的女老师会推荐美雨她可能会喜欢的书，或者希望她读读看的书，还会回答美雨关于调查学习必须用书的询问。美雨说想要制作弹出卡片，帮助她挑选书的，以及告诉她那叫"弹出卡片"的都是那位老师。借书的时候，老师也没有忘记称赞美雨的新连衣裙。

"这是妈妈送给我的生日礼物哦。"美雨骄傲地说。

美雨打开了壁橱。壁橱的上层放的是母女二人的被子，下层放了三个三层的收纳盒，东西都整齐地收在里面。其中有一个是整理架，里面放着缝纫盒子还有工作盒（里面放着剪刀、订书机、螺丝刀、速干黏着剂和胶水什么的）。碎布条和包装纸叠得整整齐齐，缎带和塑料绳子也仔细地收在了一层抽屉里。

正在物色要用些什么的时候，美雨发现缝纫盒子里面还有一个小盒子。之前也打开过很多次这层抽屉，之前没有发现可能是因为没有用过缝纫盒子。

那个小盒子上画着一个戴着帽子的外国女人，美雨觉得里面可能有什么有意思的东西。比如说，特别漂亮的缎带或者千代纸一类特别的什么东西。

打开盖子，美雨看到一个相框，背面朝外放在盒子里。取出来以后，无意中翻过来一看，映入美雨眼帘的是美香和一个不认识的男人。

是爸爸。

美雨觉得。

美雨的目光一下子黏在了相片上，只顾着盯着男人的脸看。明明知道他的姓名，但是美雨的脑中怎么也浮现不出来。

美雨往常灵活的头脑一下子停止了一切活动，反而，心脏活跃了起来，让美雨呼吸困难。美雨尽量让心脏平息下来，继续看着照片。

照片中的男人，比朋友们的爸爸年轻得多，看起来只像是哥哥。美雨不明白应该怎么看待这个男人。因为一次都没有见过面，所以当然不会怀念，除此之外也没有涌出其他的感情。是爸爸。这个人是爸爸。光是想这个想法就用尽了力气。

美雨的脑中开始活动的同时，想起了美香的话。"没有爸爸的照片。"美香之前这么说过。那，这张照片是什么？这个人不是爸爸吗？不。这个人毫无疑问就是爸爸。妈妈忘记拍过照片了吗？也不对。妈妈隐瞒了这件事。妈妈说谎了。

美雨思考着美香撒的谎，想着为什么必须要撒这种谎呢？不管怎么想，都找不到答案。

该怎么看待爸爸呢，怎么看待妈妈撒的谎呢——美香说的话什么是真的，什么是假的呢——美雨害怕地感觉到所有的事情一下子都想不明白了。

无法再看下去那张照片的时候，美雨将照片放回盒子里，又把盒子放回了缝纫盒子后面。

想要美香早点回来。然后想要她好好解释给自己听。

不是早点，要立刻马上。妈妈，现在立马回来吧。美雨在心中呐喊道。

美雨蹲在房间的角落等着美香。等待的时候，美雨的心情改变了。妈妈隐瞒我的话，我也要瞒着妈妈。直到妈妈说出真相的那天，我什么都不说。

那天，美香在黑暗中看到的是一直蹲在角落，并且坚定了想法的美雨。

美香没能明白这样的美雨，看起来像一天之内换了个人的美雨。美香慌了，有时候哄，有时候骂，想让美雨开口说话。

但美雨不管什么时候都坚决不开口，从来没有打算坦白地说出来深藏心中的理由。要藏在心中到什么时候呢？还是一直隐藏下去呢？美雨自己也不明白。只是，美雨觉得，已经变得讨厌了。已经厌烦了，这样的自己，这样的每天每天。

八　海与卷心菜

　　回到学校是下午三点，半个小时以后解散。坐公交车回来，就算时间会有前后，四点前美雨也应该到家了。美香想要是美雨到家的时候自己在家就好了。两个人第一次分开度过一夜，女儿就要回来了。想对女儿说"你回来了"。美香有些后悔，不应该为了配合美雨明天的调休请假的，今天如果休息就好了。

　　直至今日，说"你回来了"都是美雨的任务，小学三年级以前还会叫着"你回来啦"然后跳过来，自那一天以后，连"你回来了"都听不到了。

　　安冈宁说，也许美雨不说话与美香撒的谎没有关系，也许说出事情的真相会让美雨更加受伤。

美香想，也许是的。但是，美香也觉得，说出实话肯定不会让事态更加糟糕的。就像宁所说，就算暂时会让美雨受伤，比起隐瞒还是说出来比较好。再拖延下去，美雨会越来越封闭在自己的壳中，那个壳会越来越厚、越来越坚硬。美香开始觉得，要撬开那个壳会需要越来越多的力气，而这个力量肯定会让美雨受到更加深的伤害。

这之前就应该注意到了。这之前，是美雨封闭上自己心灵的那个时候吗？不是。是美雨央求美香给自己看爸爸的照片的时候。那个时候，为什么没有立刻就给她看呢？

美香想不起来当时是什么理由不能给美雨看父亲的长相。只记得，告诉美雨没有照片的时候，看见了美雨一瞬间落寞的表情。

然后这次，要告诉美雨，那是妈妈撒的谎，照片也有，而且父亲在不知什么地方生活着。太荒唐了。想到果然还是不说比较好，然后又想到千万不能逃避了。

五点钟工作结束之后，很快换好衣服，美香着急地往家赶。到了可以看见自家公寓的地方，抬头看了下二楼的某个窗户。没有拉开窗帘的窗户露出了灯光。

　　跑着上了楼梯，喘着粗气打开了门，本来想说"我回来了"，结果美香却说："你回来了。"听到有人回应说："我回来了。"昨天在这里美雨说"谢谢，便当"的情形仿佛已经过去了很久。

　　是啊，因为美雨出门度过了两天一夜的旅行，所以美香觉得"你回来了"的问候也是可以的。然后，美香自问，那么，应该怎么做呢？美香只觉得必须得说点什么，但是没有考虑到应该在什么样的时机，怎么样说出来。

　　"你回来了。"美香重复。平稳了呼吸以后，用比刚刚更大的声音。

　　美雨将视线投向美香，眼神像是在说：犯什么傻呢。开始几乎不说话之后，美雨经常用这种眼神看美香。美香想起自己小时候也经常用这样的目光看向母亲。

　　"不要用那种眼神看妈妈。"母亲一边这样说一边拿起手边的东西扔美香。大多是母亲脱下来的拖鞋，或者衣服。有一次，还被扔过烟灰缸。颇有重量的玻璃烟灰缸没有扔中美香，发出深沉的声响掉在了地上。烟蒂和烟灰散落了一地。

　　"怎么样？移动教室。"美香用尽量明朗的声音问。不是因为今天特别，而是美雨不说话之后，不对，而是不管什么时候，美香对美雨说话声音都很明朗。从美雨出生到现在一直都是。

美雨没有回答。等了一会儿以后，美香说："那个……美雨。"美香的声音盖住了美雨的声音。

"很开心。"

美雨的声音说"很开心"，美香反问道："嗯?"

"很开心。移动教室。"美雨一副一点也不开心的表情重复说。

"真的吗?"

"海很小。"

"海，很小?"对于美香的这个问题，美雨只"嗯"了一声，就再也不打算说话了。

海很小，自己很开心，是这样吗? 还是，很开心和海很小是没有关系的感想吗? 归根结底，海很小是什么意思? 美香东猜西想着回味美雨的话。不管怎么说，美雨开口说话了。当然，最开始是自己问的，但是前天以前的美雨的话，肯定什么都不会回答的。

美香预感到美雨好像要重新对自己打开心扉。要完全恢复到以前的状态，肯定要更多时间。或者，不是回到以前的状态，而是变成完全不同的状况。但，是不坏的变化。如果是这样的话，那就这样再守着美雨一段时间感觉也不错，就算不和她说父亲的事情。要是因为告诉了她真相，刚要打开的美雨的心扉要是再封闭上的话是万万不行的。

是应该说出来呢，还是继续隐瞒呢？实在不知道应该选哪个，总而言之，还是先做晚饭吧。美香开始淘米，美雨在美香身后问："是什么?"

美香慌忙转身以后，美雨继续说："刚刚，说了一半的，'那个'是什么?"

"啊……不是什么……嗯，稍等我一下，我把米淘好。"

淘完米，沥完水，放到电饭煲上。比平常更慢地擦干手，美香坐在了美雨面前。

六十厘米见方的小小的晚餐桌，价格没有多高，和万起子家沉稳有重量的大餐桌形成了极致的对比。但是，是母女二人吃饭、面对面交谈刚好合适的尺寸的桌子。

"以前，"美香说，"以前妈妈撒谎了。虽然妈妈说过没有爸爸的照片，实际上是有的。那个时候，妈妈也不知道为什么要对美雨撒那种谎。美雨说要看爸爸的照片的时候，突然就那么说了。对不起，虽然现在才道歉可能已经没什么用了。"

"我知道。"美雨说。

美雨一点一点地告诉了美香自己九岁生日过后第三天的事情，最后说："那个时候我就决定妈妈要继续隐瞒我这件事的话，我就不和妈妈说话。"

"在生妈妈的气吧。"

"嗯，很生气。我一直在想，明明妈妈没有必要对美雨说谎的，然后又想，妈妈说的话是不是全都是谎话。"

"全都是谎话?"美香重复了这句话。

"爸爸不知道美雨出生的事情啊，不知道爷爷奶奶在哪儿的事情啊，是不是都是谎话。"

"那些不是谎话。爸爸是真的不知道美雨出生的事情。那个时候爸爸还是学生，因为想成为律师要考非常难的考试，然后妈妈决定和爸爸分手了。因为爸爸的首要任务是学习，而且还有很多东西需要学习，妈妈想不能给爸爸添麻烦。妈妈知道肚子里有了美雨，是那之后的事情。"

美香认真地说了出来，和事实有点不同。但是，现在美香从心底里觉得，那个时候没有必要告诉男孩怀孕的事情。美雨只是自己的孩子，这一点比什么都要让人开心。那个时候是这么想的，现在依然这么想。不，现在更这么觉得了。在这点上一点都没有假。所以，美香觉得这番话并不是谎言。

"妈妈很开心，真的很开心。美雨出生以后，更开心了，妈妈特别幸福。"

"我知道。"美雨说。

"你知道？"

"因为有美雨，妈妈很开心很幸福的事。"

"嗯。"

"美雨也是这样，美雨只要有妈妈就够了。"

"谢谢。"美香说。只要有妈妈就够了，这个孩子说的话真的让人震动。明明我做了那么过分的事情。开心、感动，然后非常抱歉，心中感情激荡："对不起。"美香补充说，"美雨想见爸爸吗？"

"美雨说想见的话就能见到吗？见不到的吧。明明见不到，为什么要问想不想见呢？真是傻话。刚刚美雨说的话妈妈认真听了吗？美雨只要有妈妈就够了。'美雨的妈妈特别伟大，因为一个人养育你。'三上小姐曾经和美雨说过。

虽然不说我也知道的。"

"三上?"

"嗯,在超市前面等妈妈的时候。美雨虽然明白,不过三上小姐也明白,我很开心。所以美雨那个时候说美雨没有爸爸也完全没问题。然后她说:'那不是,没有爸爸的孩子什么的不存在。每个孩子都有爸爸也有妈妈,只是有的孩子爸爸或者妈妈会不在身边。'"

那个时候,美雨才六岁或者七岁,说不定要更小。这件事居然现在都记得那么清楚,更震惊的是,美雨深刻的理解能力。美香心想,真是聪明的孩子,然后心情更好了。

不过,三上居然帮自己和美雨说过这番话。这样的话三上一点没有和自己透露过。

没有爸爸的孩子不存在。这句话也抵达了美香的内心——内心深处的小时候的美香。

"所以妈妈你要更加堂堂正正的。妈妈有时候好像很在意爸爸不在,美雨最讨厌这个了。"

这么一来简直搞不清楚谁才是家长了。美香不禁苦笑。九岁的美雨,是什么时候变得这么成熟,这么任性的呢。

"妈妈,可以去做饭了。"听美雨这么说,美香不禁笑了，笑的同时又有点想哭。

"没什么好笑的哦，美雨肚子饿了。"反应过来现在已经七点了，是该饿了。

"美雨，我们出去吃吧？"

"真的吗？不过，米已经淘过了吧。不可以浪费。"

"米放进篮子里沥尽水就可以了。为了庆祝今天我们和好，出去吃点什么吧？"

"和好？这个嘛……"美雨说。

美雨脸上故意作出一副可恶的表情，天真无邪。美香想，这样的表情真的很久没见了。

"是和好啊，和好。美雨你也讨厌一直沉默着不说话吧？"

像在说"谁知道呢"，美雨轻轻耸了耸肩。真是太任性了。这样任性的美雨，美香爱得要命。

哼哼，妈妈不知道，美雨想。一个人的时候，我话说得可多了呢。

但是只有一个人注意到了，她叫桥口由香。

　　由香在移动教室分组的时候，给没有组可以进的美雨解围，在大巴上也是率先坐在了美雨旁边。大巴出发之后没过多久，由香就在美雨的耳边私语："谷本，其实你特别爱说话吧。"

　　美雨惊奇地看过去，由香说："谷本，你说的话特别有意思。"说完嘻嘻笑了。"我说话了吗？"美雨不小心大声说。明明自己都是一个人在家的时候才会说话啊。

　　坐在前面的男孩回头，注视着美雨，然后又转过头向前，用响彻大巴的声音报告说："老师，谷本说话了！"

　　"是吗是吗，塞子拔出来了啊。"老师说着不明所以的话看了看美雨。不是在教室见到美雨时的那种头疼的眼神。美雨慢慢低下了头。

　　这样那样的事是不可能告诉妈妈的，美雨想。

　　"想吃什么喜欢的东西都可以哦。"美香说。

　　"那，比萨。"

　　"好嘞，走去吃比萨。"

隔了多少个月才像这样握着美雨的手走路啊。对了，美香想，吃比萨的时候告诉美雨昨天晚上的事吧。告诉她妈妈有朋友了，美雨会是什么表情呢？

之前连想都不敢想象的事情不断发生。和美雨的关系居然会这么轻易就恢复了。这是现实发生的事情吗？代替捏脸确认现实，美香紧紧地握住了美雨的手。

"妈妈，电话，手机在响。"

"啊，真的吗？啊，真的。"放开美雨的手，从布制的托特包中拿出手机，可以听见清晰的来电声音。

"店长，啊不是，常务。怎么办？"

"不能不接吧？"美雨说。

"是啊。"

接了电话以后，美香回答说"是的"，然后站立住。重复回答了几次"是""是"之后，说了一句"我知道了"然后挂了电话。

"怎么了？"美雨问。

"说是有事找妈妈。什么事呢？我觉得应该是工作上的事。"

"工作调动？我不干啊。转学校什么的我可不干。"

"嗯，应该不是调动。还没到半年呢。"

"那妈妈你做了什么要被骂的事了吗？"

"没有啊。"

"那就是奖金了。"美雨机灵地说。

"也不是那个。店里是不是遇到什么困难了啊?"

"为什么?"

"隐约这么觉得。因为常务声音听起来好像在担心什么。"

"要倒闭了?"

"那不会的。营业额还不错。"

"那没什么好担心的。我不用转校的话就没啥事。"

"嗯，是啊。"说完，美香又握住了美雨的手。

"快走去吃比萨吧，妈妈，美雨已经饿得前胸贴后背了。"

美香自己其实也饿得不行了。

第二天星期一，谷本美香往对方指定的餐厅去。那家意大利餐厅，位于代代木上原站和美香的公寓大约中间的地方。小巧的独门独院的房子，门旁边种了一排橄榄树，银色的叶子枝繁叶茂，叶子下铁制的铭牌上刻着"NAKA-MURA"的字样。

搬到上原之后，上班一直会路过这里，不过直到昨夜粕谷告诉自己之前，美香都不知道这是家餐厅。

美香工作的这家超市，四年前的春天开始把店开到了东京西部。起初决定将店开到上原是判断这里与人口相比，竞争店铺压倒性地少，但新店铺从开始经营就经历了苦战。

经过社长的斡旋才在山手地区开了分店。社长是粕谷的叔父，手腕强硬，从老家的小小的蔬果店起，经营三十年，将其扩大为也卖肉与鲜鱼的超市，进而发展成现在这样有着三十七家连锁店铺的大型超市。

决定在上原开店铺的，以及一看到上原店销售低迷就指示关店的都是社长。对于这个决定，唯一有异议的人是粕谷。粕谷在这个决定下来之前就开始针对上原及附近地区居民进行了市场调查。粕谷请了专门的调查公司，对人口的年龄层、家族人员构成、乘坐的车、在超市经常买的商品以及想要购买的商品进行了彻底调查。然后根据调查结果，提出要将一直以来的平价超市路线改为贩卖高级商品。

职员们都觉得这个提议很危险，不过社长说了一句"试试看"，接受了粕谷的方案。相对的，社长命令粕谷说所有责任在你。这样上原店像青山的纪之国屋以及广尾的明治屋一样开始走起了高级路线。

商品的种类不用说，连店铺的外部装修、内部陈列，到工作人员的制服全部都焕然一新。虽然是相同的连锁店，但上原店与其他的店铺相比又不太一样。而且，他还从其他店铺调来了四五名他觉得合适的工作人员。最初想到的就是谷本美香。

粕谷第一次见到谷本美香是十年之前。高中退学，离开父母身边，决意（只能）一个人生活的十六岁少女，表情像是在生气，又像是在挑衅。粕谷清晰地记得她来面试兼职时的表情。

"明天可以来上班吗?"通知她之后,她僵硬的表情微微舒展。然后,"请让我现在就开始工作。"谷本美香的声音小小的,却很坚定。

那之后,对美香努力工作的态度让人瞠目。粕谷能够理解绫濑店工作人员中能力最强的兼职员工三上欣赏美香的原因。非常满意美香的粕谷为美香感到高兴。虽说感到满意,但那和恋情一点关系也没有。要说男女情感的话,美香还太孩子气,也不是同情。美香全力工作的样子和坚决的态度让人觉得什么样的同情都是不必要的。

共鸣。不,说尊敬可能更恰当。一个大老爷们儿从心底里尊敬着这个十六岁的女孩。

粕谷被服务员领到店里面能环视整个店内的桌子,等待美香的期间想起了以前的事情。仿佛可以听见那天美香的声音:"不是高中毕业的话,就不能雇用我吗?"

劝她再次上学的时候,美香如此问。只是觉得太可惜了,粕谷回答。这句是真心话。

是个认真又好学的孩子,头脑也很聪明。虽然暂时退学了，不过她的话可以边工作边学习的。不是说上学决定了一切，但是万一美香想从事其他工作的话，高中毕业的学历还是有用的。粕谷那个时候是这样考虑的。

但是那之后，美香没有任何想法表示。自己要么还是再和她聊一次比较好吗？正在犹豫的时候被调去总公司工作，离开了绫濑店，自那之后就再也没有见过美香。学校的事情也就不了了之了。

三年过去的某一天，粕谷听说美香生了孩子，还听说她要一个人养育这个孩子。二十岁啊。想到那么年轻就当妈妈了，粕谷心中涌出苦涩的感情。

粕谷脑中浮现出美香的脸，以及她工作利落的样子。粕谷回想起某天晚上，在工作人员休息室唱过小泉今日子的歌儿。粕谷尽力回想他所了解的美香，但怎么也想象不出成为母亲的她是什么样子。

不管想不想象得出，既成事实就是事实。不是别人，而是美香自己选择的道路，没有别人可以置喙的余地。粕谷想着，因为她是正式社员而替她和她的孩子感到高兴。正如他暗暗为她得到三上的认可高兴一样。

虽然在粕谷之后任职的店长对美香的工作评价不高，

但曾任主管的男人当上店长之后，对美香的评价立马就逆转了。听报告说美香熟知商品知识，接待顾客的态度也无可非议，还听说美香生气勃勃、幸福地在工作。

挑出这样的美香，集合了包括她在内被选拔的工作人员，在新店开门三个月后，营业额顺利上升，粕谷终于可以松口气了，内心也开始从容。然后有一天，粕谷注意到了自己心里住着一位独立生活的女性，是谷本美香。自己一旦承认了这一点，粕谷心中对于美香的感觉就日益增强，更加肯定。

如果能一起吃顿饭就好了，粕谷想。不过，美香有个孩子在上小学。从她几乎不加班来看，也很容易能推测出夜里她不太可能放孩子一个人在家自己出门。

更重要的是，粕谷不了解在超市工作时间以外的美香，不知道工作以外的时间她都是怎么度过的呢。只能推测她会和孩子一起吃饭、一起看电视、一起洗澡什么的吧。

恐怕大部分时间都是这样的。但是偶尔……

粕谷摇了摇头，打算不再继续想象下去。但，不是很成功。也是没办法，粕谷心中自语。

这时，旁边空着的桌子来了四位女性顾客，给粕谷长时间的凝思打上了句号。

　　店里坐满了。女性顾客压倒性地多。这家店不是那么讲究排场，价格也合适，味道也不错，是有钱和时间的太太们会轻松光临的餐厅，目标顾客群与超市重叠。粕谷之前没有意识到这点，有点愣住，不过幸好好像没有见到超市的常客。

　　约好的十二点半，服务员领着美香刚好出现了。美香坐在了粕谷的对面，看起来有点困惑。粕谷开口了。

　　"把你叫出来真不好意思。"粕谷说。

　　"不会，是店里出什么事了吗?"美香问。

　　"不是，因为你很难得地平日休息，想着和你一起吃个午饭什么的。一直只吃店里的便当很乏味吧。"

　　"是这样啊，我还在想店里是不是出了什么事不知道怎么办呢。太好了。"美香表情像是松了一口气，继续说，"今天女儿调休，昨天和前天是移动教室，所以我也想把休息日调一下。"

　　"那，令爱现在是一个人在家吗。真是抱歉。"

　　"不，没关系的。中午饭我让她早早地吃过了，下午好像约了朋友一起去玩。"

女儿在休息日有一起玩的朋友。美香想到这里，内心溢满欣喜。

服务员来到餐桌旁，问粕谷："请问您喝点什么呢?"

"我下午要上班，给我来杯水吧。你喜欢喝什么随意点。"

"我也要一样的吧。"美香回答。

桌子上上了两杯矿泉水，前菜上桌，开始吃饭了。

芦笋、胡萝卜、玉米笋。绿色、红色和白色的蔬菜五彩缤纷又排列得整整齐齐的蔬菜冻，美香吃了一口，小声自语道："好吃，真的很好吃。"

"那太好了。"粕谷说。

"嗯。"美香颔首。

"那你多吃一点。"

每上一道菜，美香就会发出低声的感叹。

"你说令爱去了移动教室，是去了哪儿?"

"三浦。在神奈川县。"

"三浦啊。高一的春天，我曾经在三浦参加过定向越野。"

定向越野。美香第一次听说这个词。移动教室的旅行指南上也确实没有这个词。

"什么是定向越野?"

"是用地图和指南针寻找地图上标出的特定地点的运动。每个特定地点都有一个牌子,上面写着一个英文字母,要把这个字母填到表格里。"

"那也是运动吗?感觉像是社会科学的学习。"

"嗯,确实。如果不会认地图的话就找不到特定的地点了。但是,会比赛谁先到目的地,也会比赛找到的英文字母是不是正确。"

"我的话肯定会迷路的。"

"是团队作战。"

"那就没事了。但是,很好玩吗?那个定向……"

"定向越野。很好玩的,就像寻宝一样。"

"这样啊。"

"嗯,说着我想起来了。那天天气很好,明明是四月气温却升高到有点热。走在卷心菜田里,能闻到卷心菜的味道。"

粕谷说完,美香像是听到了什么奇怪的话,笑出了声音。只是看着这样的美香,粕谷心中都感觉到了幸福。

"我说了什么奇怪的话了吗?"

"不是，我也想到了，之前在绫濑店，粕谷先生您经常会剥卷心菜的叶子。"

"是啊，真是令人怀念。不过虽说怀念，感觉像是眨眼间过去的事情。"

"真的。我心里觉得店长……啊不是，粕谷先生还会穿着蓝色的工作罩衣，剥着卷心菜的叶子，在店内广播。"

"现在给您广播特价信息。时鲜秋刀鱼一条只要一百日元，今日特价一条一百日元。"粕谷拿着汤勺放在嘴边，再现了当时的语调。

"嗯嗯，是这个。所以那天见到粕谷先生穿着西服打领带，真的很惊讶。"

"我也是，听到你做母亲了，心里也很惊讶。"说完，粕谷沉默了一会儿。粕谷的视线从美香转移到桌子上，再回到美香脸上的时候，粕谷注意到美香的表情和昨天以前完全不同。

服务员端上了甜点。

"这是使用了丹波产板栗的勃朗峰蛋糕，以及使用土佐产生姜的雪葩。"服务员在说明的时候，粕谷仍然在看美香的脸。

"勃朗峰?"服务员离开以后,美香低声自语。听起来并不是提问,不过粕谷告诉她:"勃朗峰蛋糕也叫蒙布朗。也就是蒙布朗和雪糕。不过,发生什么好事了吗?"

"嗯?为什么这么问?"

"你的表情像是在说有什么好事。"粕谷说。

"真的吗?实际上,我和女儿和好了。之前一直在吵架……虽然并没有吵架……不知道怎么说才好。"

"感情失和。"粕谷说。

"是的,是这个。然后昨天已经解决了。"

"那太好了。"

"是的,真的太好了。"美香会心一笑,然后回答。

看到这个笑容,粕谷感到心中在震动,犹豫着要不要说出难以说出口的话,犹豫着就没说,没有说出口的勇气。是因为上了年纪了吗?还是因为年龄相差太大呢?粕谷自问。恐怕两方都有。不可能再像年轻时候那样了。

"原来很简单。"美香说。

"简单?"

"明明不顺利的时候做什么都不会顺利,事情解决的时候又像这样,过于简单。昨天接到您的电话的时候,我正

237

要和女儿一起去吃比萨，作为和好的证明……粕谷先生，我能够调任到这里实在太好了。新开的店铺，还有这个城市，我都非常喜欢。而且，我感觉来到这里，好像成为新的自己。"

如果这个新的自己就是本来的自己的话该有多好啊，美香虽然没有说出口，心里却这么觉得。

服务员再次来到餐桌前，询问是否需要上杯咖啡。其他桌上的太太们都在悠闲地享受下午茶时间。

"那麻烦了。"粕谷说，美香也点头。服务员安静地离开，粕谷开口说，"和令爱和好真是太好了。"

"是，"美香紧接着说，"说起来，昨天女儿说了很奇怪的话。她说海很小。我问她移动教室怎么样，她和我这样说。海为什么会很小呢？"

"啊，三浦的海对面能看到房总半岛，在视野以内看不到水平线，只能看到对岸。嗯，确实有海很小的印象。你没有去过吗？"

"是，我只知道足立区和这里。"

"不管什么时候我都可以陪你去。你要是想看的话，我也可以穿上蓝色的罩衣剥卷心菜给你看。"

听到粕谷这么说，美香笑出了声音。

"我喜欢你。"

这话从粕谷口中说出来之后，旁边桌的一个人意味深长地看向了这边，粕谷注意到了。

"喜欢我?"美香重复。

"被年龄相差这么大的人这样说，肯定很为难吧。"

"啊为难什么的……只是，很惊讶。不敢相信会有人喜欢我。"

"你好像很不了解自己啊。"粕谷说。

我当然了解我自己，美香想。我是一直自己陪伴着自己长大的。就像讨厌母亲一样，不，实际要比那更厉害，美香讨厌自己。美香对自己从来都没有自信过。

唯一交往过的男孩，抛弃了自己，沉默着不知道去了哪里，自己也觉得是没有办法的事情。从男方的立场看的话，就算可以和自己交往，也不是可以结婚的好对象。应该是讨厌我作为妻子、作为孩子的母亲吧。

但是美雨喜欢这样的自己。因为美雨会无条件地喜欢自己，我也能够喜欢自己了。

美香想要向粕谷传达自己这样的心情，却组织不好合适的语言。所以美香沉默了。然后终于，美香开始考虑自己到底是怎么看待粕谷的。

"最开始的两年，我是在粕谷店长的手下工作的。"美香心中浮现出粕谷剥着卷心菜叶的身影。虽然粕谷说像是一眨眼的事情，但对美香来说那感觉已经是很久以前的事了。

在十六岁的美香看来，穿着蓝色罩衣的店长，看起来很有大人的样子。比起哥哥，叫叔叔感觉更合适。

"粕谷先生调任去总公司以后几乎就没有过见面的机会。然后到了这里以后又开始了一起工作。来到新店铺之后，我拼了命努力工作。必须得记住什么商品在什么地方，不认识的商品一下多了很多，要学的东西也很多。况且女儿和我闹别扭，一直都没有松口气的空闲。"

"没有喜欢上谁是吗？"

"到现在为止是吗？我喜欢我女儿。然后，喜欢过女儿的父亲。但是那份感情没有持续很长时间。"这么回答完，美香看向粕谷的脸，心中涌出从未有过的感情。

"嗯，偶尔一起吃饭吧。不过这可不是工作命令。"

粕谷又笑了。眼尾出现几条皱纹。这个笑容让人喜欢，美香心想。

九　崇子的晚餐

"哎呀万起子，怎么了，脸色不太好。"

在一楼的扔垃圾的地方，崇子对偶然碰到的万起子说。

"唉？我的脸色很难看吗？不过我素颜脸色一直这样，真的很难看吗？"

"没说很难看，就是看你愁容满面的。是因为翔的事情又被叫去学校了吗？别在意别在意，反正不是什么大事。"

"不是，脸色不好虽然也有翔的原因，但不仅仅是这个。啊，但是，果然还是翔。"

"说话吞吞吐吐的，真不像你。"

"可能是因为很臭。"

"很臭？"

"垃圾的味道。"万起子说。垃圾虽然都在塑料袋里，不过因为是平时放垃圾的地方，确实有独特的臭味。

"万起子，你现在有时间吗？在这说话不是很好，可以的话到我家喝杯茶？"崇子说。

"好啊，翔早就睡了。不过这么晚了，崇子你没关系吗？"

"我一直晚睡没关系的。那走吧。"

说完，崇子就先动身了，后面跟着万起子。

"这个更好。"崇子拿出来的不是茶而是红酒。

"确实。"万起子回答。

"万起子，你喜欢无花果吗？"

"平时没怎么吃过。"

"马苏里拉奶酪呢？"

"喜欢。"

"那稍等我一下。"说完崇子埋头厨房，转瞬间手里端着盘子回来了。均匀切成八块的无花果和手撕马苏里拉，上面撒着黑胡椒。

"真漂亮。"

“是吧，简单又好吃。”一边说一边把食物分进了小盘里，然后递给万起子说，“请。”

　　“谢谢……啊，真的，特别好吃。”万起子说。崇子做的料理从来没有出过错，而且很精致。崇子做的料理很像崇子这个人，万起子想。

　　“所以?”崇子催促。万起子简要说了两周前移动教室发生的事。

　　“虽然这么说也不好，不过不遵守学校规定什么的其实都无所谓。也不是远足，带点钱去买东西吃也说得过去。不过是在那是翔的零花钱的情况下。不过不是的。这孩子，从我的钱包里偷钱。这难道不是犯罪吗? 感觉像是在慢慢向坏的方向走。”

　　“的确让人担心。”

　　“是吧，的确是吧。”说完，万起子深深地叹了口气，“虽然我也说不上多正派，不过我至少诚实地在生活啊。”

　　“我知道。”崇子说。

　　“但是，翔居然会若无其事地说谎，一边说再也不做了一边仍然一再犯同样的错误。这一点，真的，特别像那个人。”

"不是所有地方都像那个人吧。"

"宁也这样说。"

"不管是谁都会这样说的。"

"话是这样说。不过，每当这种时候，我都会想，如果没结婚就好了，结婚结错了。可能就是因为这事儿，有点……"

有点什么？崇子用疑问的眼神看向万起子。

"我一这么说，宁的心情就会不好。当然不会摆到台面上生我的气，只不过我能明白。恐怕，宁想到我认为没有生下翔就好了的时候，就会不愉快。"

"你认为没有生下翔就好了？"

"说实话是的。每次出什么事的时候都会这么想。不能这么想吗？但是，不自觉就这么想了。可能听起来很不合逻辑，不过这和我觉得翔很重要的心情是两回事。"

"你还在做饭吧？"崇子问。

"饭？是说给翔做吗？嗯做的，不过只有米饭和味噌汤。跟之前你说的一样。"

"那就没事的。"

"是这样吗？"万起子说。

"就算之后翔堕落了也没事的。"

"啊啊，会堕落的。"万起子双头抱头。

"即使如此，只要好好地在吃饭，都没问题的，我觉得。米饭和味噌汤，就够了。大部分事情总会有办法的。"

"崇子。"

"什么?"

"我不是说我弄错了结婚的对象。我想说的是，自己也许就不应该结婚。"

毕业以后没有回金泽，虽然最重要的理由是想在东京工作，万起子也自觉，不想回到故乡被家庭束缚也是很大的原因。家人的存在本身就很麻烦，明明拼了命离开了，为什么还要什么新的家人呢，万起子想。但是那个时候，是想结婚的。想结婚所以结了。确实就像宁说的一样。

"这个嘛不好说。"崇子说。

"是真的。"万起子回答。

"就算事实真的是这样，我也不希望你这样想。宁肯定也这样觉得。对了，下次我们一起吃饭吧。宁，还有宁的女儿对吧。宁的女儿，还有翔，大家一起。万起子你来联系。"

"我来联系吗?"

"哎呀，我又不知道宁的联系方式。而且，我来联系的话不是很奇怪吗？"

"也是，不过怎么说呢，有点儿尴尬。"

"就这么下去的话会更尴尬的。你要觉得这样没问题的话我也不好说什么就是了。"

"我知道了，我来联络。是在店里集合吗？"

"不，这里集合吧。你就说我这里在办忘年会，邀请他们过来就可以了。"

"忘年会……崇子，现在才十一月哦。"

"不过，难道不想忘了之前的尴尬吗？"

"但是忘年会……"

"那你随便说吧，只要大家聚到一起吃着好吃的心里高兴就可以了。好好联络哈，我的话星期六星期天都可以。"崇子说。崇子通常周六日休店，这对于饮食店来说是很少见的，主要是因为崇子的店的经营方针是为工作忙了一天的人做饭。

"我知道了。我尽量调整到下周或者下下周的周六吧，啊对了，下下周就是十二月了。服气。"

"你看吧，就这样人生一瞬间就会没了的。和亲朋好友闹别扭不是太可惜了吗。"

人生一瞬间就没了，所以要快乐地生活。在医院的病床上，圭吾曾经这么说过。那个时候，以及之后，崇子很长时间内认为自己不可能再快乐地生活了。但是，过了五十岁的现在，能够理解圭吾的话了。

知道人生不如意十之八九，但是崇子还是希望万起子、宁都能快乐地生活。

"那定下来的话我再联系你。"万起子说完，起身离开了。

十二月的第一个星期六，崇子家开了晚餐会。

崇子的女儿华和多莉也参加了。

像是被多莉压制的杏（"妈妈那个人是艺人吗?"杏在宁耳边低声问）很快和华亲近起来，不拘泥地喊"华姐姐"。

吃完饭以后，华带着杏和翔去了自己房间，像是回到了不知道什么时候的"大泽的晚餐"。

餐桌上全员都是独身女性。话题当然以"女人们啊，如何生活"贯穿始终。吃着崇子做的好吃的，喝着稍微有点奢侈的酒，开心地说着很有建设性的话。

"为什么崇子你做的菜这么好吃啊？"万起子说。

"她在做高汤和引出辣味的方法上有特别的技巧。"多莉回答。

"我也知道部分是有这样的原因，不过，我觉得不止这些。比如说……"

"爱。"宁接下去说。

"比如说爱。唉，这好像是什么的名字？"多莉问。

"什么什么的名字？"

"电视剧？电影？总感觉是这一类的。但是，确实好像是爱。因为崇充满了爱。"

"嗯嗯。"万起子和宁好像在说原来如此一样点头。

然后话题又回到了"女人们啊"，不会聊到孩子。

孩子们现在在华的房间，在华的房间玩牌，不过也许已经不玩牌，改玩别的了。孩子们，最终会成长为像华这样长大的孩子们，现在不会一直持续下去的。万起子想起崇子曾经这么说过。万起子心中涌现出又期盼这一天到来、又不希望这一天到来的不可思议的感情。为什么呢？明明之前觉得自己已经受够了。万起子想着，偷偷迅速看了一眼宁。

到了十点宁和杏先走一步回去了，然后没过多久翔吵着困了，万起子也起身回去。多莉还稳稳地坐着喝着酒。

在与自己家同样格局的门口，万起子对崇子表达谢意："崇子，谢谢，今年真的是忘年会了，我已经没事了，十二月会拼了命工作的。"

"加油。"

"嗯，啊，崇子，要不要开新年会呢？下次在我家开。"

"你要做饭吗？"

"讨厌，当然是要拜托崇子你了，这还用说吗？"万起子笑着说，然后又一次说"谢谢"，伸出手来握住了崇子的手。

出门之后，万起子想，对了，新年会的时候叫美香一起吧。

时不时，美香会接到万起子的电话。基本上都是与学校有关的事，比如说——

"他说要带毛巾去学校，不过拿出毛巾给他，他却说不是。他说不是这种柔软的毛巾。""啊不是毛巾，是布手巾。就算没有布手巾，棉布也可以。""是用来干什么的呢？""好像是图画手工。""谢谢你，真是帮了大忙了，翔不肯好好说，学校发的通知也没带回来。女孩子就是懂事一些。"万起子说，最后又再次道了谢，然后挂了电话。

美香很开心接到她的电话。虽然告诉美雨自己和万起子、宁做了朋友，不过大了自己一旬以上的她们，可能并不是随随便便就可以称为朋友的人。但是美香仍然时不时地想到她们两个，想到如果能再见面、再聊聊天就好了。只是，不好意思自己邀请她们，所以万起子邀请自己去新年会的时候格外地开心。年末店里忙得眼睛打转，一天结束以后身体筋疲力尽，不过美香心里却惊人地精神。

新年到来，元旦店铺不开门，从二号开始上班。这些天开店时间比平常晚，下班时间比平常早，能够好好地和美雨过一个像样的新年。年节食品大都是店里买的，不过黑豆还是想自己做，所以元旦煮了前一天泡上的豆子。

然后一月六日，配合着美香休息的时间，新年会开在了中午。

门口鞋柜上面，黑色的陶制花瓶里插着小松树和大把大把的草珊瑚，新年的氛围浓厚。

桌子上菜已经上齐了。

"这是万起子做的吗?"美香问。

"怎么可能。这呀是崇子做的料理。之前我跟你说过的吧，崇子。"万起子说。

"崇子做的菜很好吃哦。"宁接着说。

能够信赖别人的人。美香随即想起了宁的话。

不久过后，崇子端着大盘子出现了。盘子里是鲷鱼手鞠寿司。崇子本来打算放下就走，万起子和宁挽留下来，就这样开始了新年会。

万起子说起交往超过半年的恋人，宁说，真少见啊，这不是坚持了挺长时间吗，崇子接着说现在的年轻人真是努力。两个人把握着绝妙的时机插科打诨，万起子的恋爱的事儿呈现出玩笑的趣味。

"好啦，我说完了。那，美香怎么样呀?"万起子问。

"什么怎么样……我没有万起子这么华丽的故事啦。"

"哎呀，别这么说。前一段时间，在 NAKAMURA，我看到了哦。好像，是我们见面后的第二天吧?"

"NAKAMURA 是?"宁问。

"唉？你没去过吗？话说回来，宁你抓错重点了。"万起子说。

"我家店叫大泽。"崇子很快接话。

"真是连崇子都来捣乱。观众席太吵了，这边要问主人公了。来吧，美香。"

"真是没办法，美香你还是不要抵抗了。"

被宁催促着，美香坦白了在 NAKAMURA 的事。

"那，之后呢?"万起子追问。

"就是说之后还一起吃饭吗?"宁补充。

"当然也有这点，也指其他一些这个那个。"

"真是的，万起子立马就把话题引到那边。"

"那边是哪边啊。我问的是美香的感觉。真讨厌，净想一些下流的东西。呐，美香，宁才更色情呢。"

"不是，是万起子你说话的方式下流好吧。"

"唉，怎么样，你喜欢那个人吗?"

"突然这么问很难回答啊。"

"宁，并没有问你。"

"本来嘛，美香很困扰吧。"

"我还没有想过喜欢不喜欢的事。"美香说。

"那现在考虑看看呢? 对方都明确说过他的意思了。"

被万起子这么一说，美香考虑了一会儿。

"笑容和领带。"美香嘟囔了一句。

"嗯? 什么?"

"我觉得他的笑容和领带很出色。"

安静了一瞬以后，万起子爆笑。

"你笑成这个样子，美香好可怜。"

"因为，笑容和领带啊。不管是笑容还是领带，觉得出色的话那就上啊。美香你二十九吧，这点精气神还是有的对吧。对了，他多大?"

"四十七八吧。"

"哎呀，这不是大叔吗。我可不行。"

"又不是你的事。"宁冷淡地说。但是万起子毫不动摇。

"很快就会变成爷爷。没关系吗? 你不介意的话行动也要快。说不定什么时候就死了。"

"万起子你真是的。"

"我只是举个例子。"美香说。

"嗯，什么?"

"他如果能等我十年的话。"

"等十年？什么意思？"万起子已经完全呆住了。

"十年以后，美雨就二十岁了。"

"啊，真的不敢相信。这样根本不能叫恋爱。最重要的是，十年以后他就六十了。绝对不可能。"

"但是那个时候我也四十岁了。"美香说。

"说什么呢。话说回来，你想什么呢，我和宁都是四十。"万起子说。

"四十二，今年刚满四十三。"宁订正说。

"美香，听好了，四十是女人最美好的年纪，人生当中这个时候最漂亮。不是'我也四十岁'，而是'我四十岁'。"万起子无视了宁，继续说。

"每个人都不一样好吧，美香用自己的步调慢慢走不也很好吗。"

"真是的，宁总把事情搞得好无趣。"

"美香谈恋爱可不是为了让你觉得有趣的。"

"但是，感觉像是拒绝了人家，现在要和人家说请你等我一下什么的也说不出口了吧。"

"这样也是没问题的吧，恋爱可没有什么必须怎么样的规定。"

"是的，是的。"万起子和宁的意见一致。

"然后，那个人叫什么？"

"什么叫什么？"

"名字。"

"粕谷先生，粕谷亨。"

"粕谷……亨……"一直在沉默着听他们说话的崇子第一次开了口，像是嘀咕着自言自语。然后像是在考虑什么、想到了什么一样，面上浮现出微妙的表情。

"难道是崇子你认识的人吗？"

"啊，不是，我只是在想食品业界是不是有位叫这个名字。"崇子回答，然后继续说，"但是这种故事不知怎的，听起来真让人高兴。"

"哎，为什么啊，崇子竟然会说这种话。我说自己的故事的时候崇子就没有说过这种话。"

"因为万起子总是一个接一个地换啊。崇子也是要看人的。"

"所以恋爱是没有一定的规则的啊。你真是不懂。"

"反倒是万起子恋爱的规矩太严格了也说不定。"宁说。

恋爱中规则无法通用，是因为人的心不会遵守既定的规则。粕谷也不会简单就放弃的吧。十年时间虽然不算短，也不算很长。这点时间的话，粕谷亨说不定会等下去。不，肯定会等下去。崇子确信。如果他是自己认识的粕谷亨的话。

崇子认识粕谷亨的时候他还是大学生。大泽带来的电视节目组工作人员里，粕谷是兼职。

自己不太会主动开口说话，但是在别人说话的时候集中注意力侧耳倾听的样子很讨人喜欢。告诉大泽以后，大泽深有同感地点头，说那个家伙诚实而且颇有韧性，这样的人肯定能找到很好的工作。大泽说想让他到电视台工作，想不管怎么样拉着他前进。但是，他毕业以后进了自己家族企业食品公司。崇子记得大泽虽然说没办法，但口吻像是还没有放弃的样子。

"不管什么时候我都会等你的。"粕谷这样的身影，崇子很容易想象。

"要在短时间内定胜负"，或者"能做点什么呢"，或者"没有没有"或者"也许有的"，万起子和宁把当事人美香抛在一边，两个人聊得热火朝天。崇子听着，心里想着刚刚在思考的事。如果是粕谷亨的话，应该不管多久都会等下去的。

十　心情愉快的她们

离宴会开始还有一段时间。

坐在座位上的客人零零散散，大家都在吧台手握玻璃杯小酌，也有人走到别致的庭园里沐浴暮光。也有人一齐体验了这两种——就是说端着玻璃杯到庭园里——透过窗户可以看到这样的人的身影。

这里是大厦最高层的餐厅。从这个餐厅的屋顶庭园可以看到天空树和东京塔，天气晴朗的话还能远远望到富士山。

"现在还能看得见，东京塔虽然点灯以后更美，不过富士山还是傍晚的时候看最好。"将自己带到位子的服务生微笑着说。"谢谢，我看看。"安冈宁回答完以后坐下了。

右边西岛万起子的位子还空着。比宁早到这里很长时间的万起子肯定是去看新娘子了，要抓紧时间做最后的检查。

宁又将视线投向了庭园。庭园里的人几乎都称得上是中老年人。不管是男人还是女人看起来都华丽炫目，宁觉得肯定不只是因为穿着正式的礼服。就算不再年轻，但是他们都展示着年轻人所没有的豁达大度和走过了非凡人生的自信。

夕阳无限好的可能并不仅仅是富士山。心里这样想着望着他们，宁好像不小心错失了出去到庭园里的机会。

"时间马上就要到了，请诸位就座。"

从吧台那边传来通知的声音。

"宁。"肩膀被人轻轻敲了一下，转回身看到了穿着和服的大泽崇子。

"哇，吓我一跳。"宁小声回答。宁的震惊比她的声音要大多了。宁望着往常一样短发，但好好地化了妆穿着和服的崇子，直到旁边的人打招呼说"初次见面，你好，我叫小泽"都完全没有注意到她旁边还站了一个人。

宁慌忙站了起来，说："初次见面，你好，我叫安冈宁。啊……久闻大名。那个……主要是听万起子说起过。"

宁感到特别惶恐，正在前言不搭后语地问候的时候，万起子回来了："崇子、小泽，晚上好。小泽，还是和以前一样有品位啊。"

"听万起子你这么说，就算是场面话我听着也开心。"

"不是场面话。像小泽这样成熟的男人能再多点就好了。我是专业的，关于服装我从来不说奉承话。"

大约十年前，在某商业杂志的策划下，万起子开始着手做商业人士的造型。自那之后，很多面向企业的讲演和研讨会都会找万起子。最近这几年，在做工藤勉的造型师的工作之外，还正经开始做起了面向普通人的造型师，用万起子的话说叫"个人造型师"。万起子通过向职场人士提供完美的职场服装搭配方案，在事业上取得了更大的成功。

概括来说，虽然听起来像是抓住了到手的机会，不过这个构想在万起子刚成为造型师的时候就有了，在谁都没有想到的三十多年以前。

万起子说比起知道如何展示自己的艺人，给一般人做造型更有趣。虽说是一般人，但是来找万起子的都是大型银行或者企业的高层，感觉完全可以称得上是公众人物。

即便如此，万起子还是一直在考虑这件事，并且真的付诸了实践，宁觉得这样的万起子真的很厉害。

看着万起子，宁有时会感觉到不可思议。虽说万起子性格不算畏首畏尾，但是认生而且爱憎分明的她居然能在这么多人面前一点也不胆怯地说话，这在以前是很难想象的。更难想象的是，认识的时候才十八岁的彼此现在已经结婚、生子、离婚，然后如今一个人生活——当然严格意义上来说不是一个人——猛然难以相信。五十五岁的自己曾不可思议地有过十八岁的岁月，更加不可思议的是，曾经十八岁的自己现在已经五十五岁了。

"真的是这样吗，宁?"

听到小泽的询问，宁被拉回了现实。小泽这么问，不是想要知道万起子的话的真伪程度，而是要给宁发言的机会，宁立刻就意识到了。

"嗯，是真的。就算是客人也不会口下留情的，这个人。对朋友就更过分了。"宁斜眼看着万起子回答。

"什么叫过分啊，你这话才过分。就算是我也有考虑过措辞的好吗。"

"好了好了，不要站着说话了，坐下吧。"

崇子催促着四个人同时落了座。

四人桌有七个，再加上两个人的主桌，一共只有三十人，只请了至交亲朋的婚礼晚宴。旁边桌的四个人非常年轻，美香的独生女美雨、宁的女儿——现在离开了父母在独自社交的杏，以及美雨的小学同班同学翔和桥口由香。美雨和桥口由香是自小学三年级的移动教室以来的好友。

"特别参加啊。如果是电影的话就是结尾滚动字幕上的'友情出演'吧。"

宁说完这话以后，万起子表示，杏暂且不说，翔对美雨是不是友情甚是可疑。

"因为，两个也就一起上到中学吧。之后美雨上了东京都立的顶尖高中，又考上了御茶水女子大学，然后这个春天可喜可贺地成为高中的国语老师。另一面你看看翔，刚刚合格的成绩上了 B 等级以下的高中，除了几门课以外全都亮红灯或者几乎红灯，复读了两年才考上了三流大学。俩人差距太大了。"

"不算三流吧，怎么能说是三流。"

"大家都这么说啊，翔自己也这么说。他老说什么不是一流的学校，二流的学校就不行了吗。"

宁笑了。

"真的，特别傻吧。所以我跟他说，你连二流都不是。归根结底……"

万起子开始说起了翔高中的时候因为成绩万起子被叫到学校的前因后果，一说起来就没完。当时也是反复听过很多遍了。"他自己说落第也没事，落第之后就不上学了，所以不要再因为我这个笨蛋儿子成绩的事情再叫我去学校了。"老师告诉万起子这样下去就考不上大学，万起子撂下这番话就回去了。"学校什么的别上了。这样我不用被叫到学校，学费什么的也不用交了。"好像这么朝翔怒吼过。

"所以啊，"万起子继续说，"就算是初恋的女孩也……"

"哎？美雨是翔的初恋?"宁不禁插话道。

"是啊，我没说过吗？但是你看，那个家伙胆小软弱肯定不敢告白。不过就算告白肯定也会被拒绝。"

翔在一边不知道母亲这么说自己，正在对着三个女孩子笑着说着什么。像是说了什么笑话，翔每次说完，女孩们都笑成一片。

"奋斗着呢。"宁在万起子的耳边私语，万起子也看向了邻桌，看到翔，指了指自己的领口。是在说让他把自己弯了的领带整理好。翔皱起眉头看着很不开心地说了句："没事，真烦。"

　　"真是，刚刚明明给他打好领带了。"

　　"那种程度没关系的。"宁说完，万起子不情愿地点了点头。

　　"不过反正也没人看他。话说回来，美香真的很美。但是我可累着了。'万起子，这个会不会太夸张？头发要不要再自然一点呢？'说了无数遍。'一点儿也不夸张，非常自然。'我真的一直在说这个。"

　　"因为美香说绝对不穿婚纱，不想要夸张的仪式，只希望和至亲好友们一起吃顿饭。"宁说。

　　"也是，是美香做事的风格。但是你注意看啊，真的很棒。"

　　万起子的这句话像是信号一样，门德尔松的结婚进行曲开始响起。

　　"传统正派，很不错啊。"小泽说。

　　穿着无尾礼服的粕谷和穿着米白色七分袖中长连衣裙

的谷本美香出现后，会场响起了阵阵掌声。美香身上的具有光泽感的布料收集着光芒又放出光芒。脖子上叠戴着三条珍珠项链。耳环也是珍珠，绾着的头发上戴的发饰也是珍珠。

"像赫本。真的很美。"宁知道自己低语的声音带着哭腔。

"宁，要哭还早呢。"万起子说。

"讨厌，还没哭呢。"宁回答。

"果然准备好要哭吗?"

"我才不哭。万起子你才是要哭了吧。"

听着二人的对话，小泽感叹："二位关系真好。"

"你看，和我说的一样吧。"崇子对小泽说。然后不仅是小泽，宁和万起子也俏皮地使了使眼色。

没过一会儿，新郎新娘坐到了位置上，音乐停了下来，宁问："哎，主持人呢?"万起子回答："没有，没主持人。"

紧接着，坐下的粕谷又站起来，从服务生手中接过了话筒。是刚刚带宁到位子上的那个服务生。

粕谷开始讲话："感谢大家百忙之中抽出时间莅临今天

的婚礼，我是主持人粕谷。啊，同时也是新郎。"招呼完和大家一起笑了起来。

"本来，接下来应该是媒人致辞，不过因为我本身也到了给别人当媒人的年龄，所以就没请媒人。这样的话，接下来是主宾的问候辞，但是粕谷家的家训就是千万不能给客人排顺序……"

响起掌声和笑声。

"啊，那么下一步就是……"

"结束吧。"万起子嘟囔。

"挺好，就这么结束吧。"宁说。

"下一步是干杯。干杯由叔父、本社顾问粕谷保担任。之后，我们会介绍一下各位嘉宾，被叫到名字的话，非常抱歉请原位站起一下。介绍完各位嘉宾之后，我们二人会到各桌上敬酒问候。祝福，或者是艳羡的话请在那时告诉我们。那么，叔父，拜托您了。"

穿着礼服的人物站立起来，出声招呼大家干杯。个儿不高，看着很沉稳的老人，但是挺直着背，声音中透着干劲。这位是将老家小小的蔬果店只经过一代就发展成拥有多家分店的大型连锁超市的人。万起子好像在说原来如此，点了点头。

身居高位的人大多数都有一个共同点，那就是，绝对不露锋芒的气质，所以万起子一直认为身居高位的人中很多都有些可爱之处。粕谷保正是这样的人物。

那么，晚宴、干杯、嘉宾的介绍，流程顺利地进行下去，二位主人公开始轮流到各个桌子上问候。进入了各位嘉宾可以畅叙欢谈的时间。

很快地万起子又开启了话头。

"但是没有想到真的让他等了十年。"

"十三年。让人等的人挺厉害的，不过等待的人也不遑多让啊。"宁说。

"我都数不清多少年了。"小泽嘀咕。

"哎——小泽，你等过是吗？"万起子问。声音突然变高，不过因为哪个桌子都在热烈欢谈，所以没有引起任何人的注目。

对于万起子的这句话，"等过？不是过去式哦。"小泽爽快地说，然后用稍微带了点戏剧性的语调说，"不知道是等待的人辛苦还是让人等的人辛苦。"

"是太宰的话吧。"

"讨厌。宁立马就会炫耀自己读书多。"吃了一口烤马头鱼以后万起子说。

宁决定当没听到这句话，说："但是，这句话由小泽先生来说不是很奇怪吗。要说的话，也是应该由崇子来说吧。毕竟崇子是让人等待的人。"

"好严厉啊。"小泽又嘀咕。

一直沉默着听三人说话的崇子温和地回答："我没有让人等待啊。因为，你看都到这个年纪了。"

"但是之前不是……"小泽说。

"算了吧，咱们之间的事儿。"崇子制止了小泽。

"啊，说是'咱们'哎。"万起子立马尖锐地指出。

"是'咱们'呢。"宁接着说。

"来吧，小泽，请。"万起子把不存在的话筒递给小泽，催促道。

"不是，之前，太郎说……"

"这次要把太郎搬出来吗?"宁说。

"看来是要逃避。"万起子说。

"不是，没有逃避。太郎之前说了，说他妈妈还是结婚比较好。"

"太郎这么说啊，快和小泽结婚，是吧。"

"不是，也不是说就得是我。"

"那是和谁啊？"

"太郎说不管是哪里来的臭男人都好，快和人在一起吧。然后连华都说，小泽叔叔等妈妈等得都变成小泽爷爷了。很过分吧。"

"真是的，任谁看来我都一文不值了啊。"小泽叹着气说，不过表情却看不到一丝不满。

宁看着崇子，又看向小泽，最后又看了他们俩一次。

两个人为对方坚守到底的值得尊敬之处，宁懂得。

按说踏出那一步也不算多么困难，但是，二人还是没有结为夫妇。恐怕之后还是不会结婚的吧。宁想可能二人会保持目前这么近（或者这么远）的距离，走完他们的人生的吧。

宁想起了真的很久没有想起的前夫。想起了毫无缘故的离婚，以及连万起子都没有告诉的无果的恋情。

宁想，我和谁都不可能缔结像小泽和崇子之间那样的关系。在更年轻那会儿的时候，因为难以接受这样的事实，宁颇为自苦。当时认为原因在对方。但是不是的。至少有一半的原因在自己，现在明白了。这么理所应当的道理，居然花了这么长时间才明白，宁不禁苦笑。但是，回首自己的人生，没有后悔。因为自己一直在努力地生活。宁在心中又说起来以前挂在嘴边、不为人知的那句话："那也得我来啊。"

粕谷和美香来到宁他们的桌子的时候，已经是所有菜都结束，要上甜点的时候了。

"万起子，刚刚真是谢谢你了。然后各位，初次见面，我是粕谷。谢谢大家一直以来对美香的照顾。"

"万起子、宁，还有崇子。"美香说，声音微微颤抖。

"好了好了，美香。"万起子制止了美香。要是美香用怀着感情的声音表达感谢的话，自己肯定会哭的。还是不要了，万起子想。

明明刚刚还说现在哭还早，结果万起子反而首先要哭出来了，宁想。万起子之所以想哭——不，是我们之所以想哭，是因为自相识之日起度过的日子、期间发生的事情，一下子涌出，胀满心头。胀满的心胸仿佛马上要破裂了。胸中满溢着情感。这不是比喻，而是真实地在人的身体里发生着。

一瞬间，宁的脑中回想起了那一夜的事情。美香哭着说你们都懂什么，被这样的美香叩问的那一夜。

"不，万起子。"美香说，声音已经不再颤抖，"如果没有与大家相识的话，不会有现在的我。无法用简单的谢谢表达我心里的谢意。"

"没这回事。"万起子说。

"是啊，如果没有遇到我们的话，说不定你早就和粕谷先生结婚了。"宁说。

"但是如果不是我的话，可没有今天这么完美的造型啊。这点你谢我我可以接受。"万起子笑了。

"非常美丽，真的很感谢。"说这话的是粕谷。

"真的是太好了，等待很值得。"宁回答。

"你肯定觉得我是纠缠不休的男人吧。"

"不……啊……"

"你看果然是。"

"嗯有点儿吧。最初我劝阻过美香，等十年的话就是老头子了。"

"又来了，快别说了。"宁制止。

"但是，现在要称赞你。居然真的能等这个麻烦的女人十年。啊不是，是等了十三年吧。"

"嗯，是十三年。"粕谷说，"我也喜爱美雨，会好好对她的。我这么说的时候，这个人可是很干脆地就拒绝了我。"

"这个我们之前可没听说过，对吧，万起子。"

"嗯，怎么回事啊。"

宁与万起子将视线投向美香。美香轻轻地摇了摇头。

"好啦好啦快说。"万起子不会放过的。

"那是因为粕谷说，他也会肩负起照顾美雨的责任的。"美香回答。

"我当时是说请让我肩负起这个责任。"粕谷订正，就好像这两种说法有什么巨大差异一样。

"'粕谷先生，您是觉得我肩负着美雨在生活吗。但是，您如果这么想的话，就完全不懂我也不懂美雨。我和美雨是手牵着手在走人生的路。我累的时候，美雨会拉着我前进。我没有肩负着美雨，也不会让谁来肩负起美雨。'这个人当时是这么说的。我当时想完了，我说了没有办法挽回的话。"

271

"但是还是成功挽回了。"万起子说。

"真的是太好了，粕谷先生。"宁笑了。

正是这个时候，一直沉默着听着他们一连串对话的崇子开口了。

"长大成人了是吧?"像是在对小泽说。但是，到底是谁长大成人了呢，小泽还有在座的其他四个人都不懂。

"长大成人是?"小泽问。

"没想起来吗? 虽然之前没有在你手下工作过，不过在电视台兼职，之前来我家玩过很多次的那个学生啊。"

"谁?"

"所以啊，是他。"

被指的粕谷一脸茫然，崇子表情像是恶作剧的孩子，说:"我是经济学部的粕谷亨。好像是这么说的吧。"

"哎，难道，大泽崇子是……"粕谷忽然说不出话来。

"我是大泽圭吾的妻子。"崇子告诉他。

"对啊，是大泽先生的太太。为什么没有发现呢。"粕谷说。

这期间小泽凝视着粕谷，像是回溯漫长的年月，想要抓住过去的什么一样。然后终于，像是模糊的什么终于清晰了一样，露出恍然大悟的表情。

"是啊，你是那个时候的学生啊。大泽特别疼爱的那个。呀，变成老头子了呀。"

粕谷低头握住了小泽自然伸出的手。

"崇子，你是什么时候发现的?"万起子问。

"十三年前。"崇子回答。

"哎? 然后一直没有说吗?"

"因为当时又不知道之后会怎样。"

"崇子。"美香说，"崇子你，意外地心眼儿很坏啊。"

六个人一起笑了一阵。粕谷和美香接着去了最后一桌，是有美雨的那桌。

到了散席的时候，粕谷、美香，还有美雨站成一列，各自发表了一些谢词。美雨的"妈妈在我前头出嫁，作为女儿真是无限感慨"的话立马让会场沸腾了起来。最后粕谷手持话筒，说："那么尊敬的各位来宾，请不要忘记随身物品。"这时，"请稍等一下!"一个声音响彻会场。是翔的声音。

"是翔。"宁对万起子耳语。

"嗯，那个笨蛋。"万起子回答。

翔站起身，说："不好意思，请稍等一下。"然后就消失在了门后。

会场顿时吵吵嚷嚷。

翔的身影再次出现的时候，抱着他几乎抱过不来的一大束花。是大波斯菊的花束。翔的怀里绽放着淡粉色的大波斯菊。

翔在桌子中穿行，走到了粕谷他们面前。

有人惊讶这是安排好的吗，也有人茫然不知发生了什么，也有人好像想通了什么冷冷地在喝倒彩。

翔半是强推一般把花递给了美雨。然后微微屈身，在明显一脸疑惑的美雨耳边低语。那个时候，美雨是什么表情呢，因为被花挡住了没有能看见。

但是会场里所有的人都看到了美雨接下来的行动。美雨将那束巨大的花束，献给了美香。

会场里响起经久不息的掌声。

翔做完自己的事情以后也没有回到位子上，而是站在了美雨的身边，就好像这么做非常自然一样。

"不是挺能干的吗?"宁轻推了一下万起子。

"大波斯菊挑得不错。"崇子也低语。

"难说。"这么说的，当然是万起子。虽然嘴上说着难说，却是从心底里松了口气，喜悦的口吻。

钢琴声响起，是山下达郎的《一直在一起吧》。嘉宾们起身离开座位，走到粕谷那里说两句，一个一个地离开会场。万起子和宁，还有崇子和小泽，一直站着看着这幅光景。

穿着和服的嘉宾站在了美雨面前，然后美雨伸手抱住了那个略显丰腴的身体。对方像是要把美雨包围住一样，两个人静静地拥抱了一会儿。

"哎，那个人就是三上女士吧?"宁低语。

"嗯，对的。"万起子回答。

最终，留下了宁他们，宾客全员都回去了。

"宴会开得不错。"万起子说。

"宴会真的不错。"宁重复。

"话说回来，你是不是在想自己也要结婚呐?"

"怎么可能。万起子你才是，要不要转换心情，在做临终的准备之前做做结婚的准备呀?"

"说什么呢，我的幸福可是在别的地方。"万起子说。

就算是祝福着粕谷和美香，也为他们所感动，但万起子还是觉得自己的幸福在工作上，这点宁很了解。

然后，宁想到了翔和美雨，然后是杏，长大成人了的孩子们，想着他们今后人生道路上将要经历的酸甜苦辣。

"万起子在身边的话也算是不坏了。"

在回程的出租车上，宁对坐在旁边的万起子说。

万起子听了以后一瞬间闪过讶异的表情，然后立马回答：

"啊，是这么回事儿啊。算了，你等我十年，啊不，二十年的话还行。"

"啊？我可不会只是等你哦。"

宁与万起子相视而笑。出租车里响彻着二人的笑声。

这个故事献给所有工作的母亲。